suhrkamp taschenbuch 4424

In einer Aufwallung von Direktheit und quasi sinnfreier Intentionalität hatte der Höllor, die Arme von sich werfend himmelwärts, ausgerufen: LOSLABERN: Traktat, Traktat über den Tod, über Wahn, Sex und Text, und, erheitert von diesem soeben durch ihn hindurchgefahrenen Expressivitätsereignis: Bericht!, der Herbst 2008!, dem davon Angestoßenen sofort stattgegeben und es geschehen lassen, dass da also LOSGELABERT würde, und dabei erzählt, wie ich, hier ja in Gestalt des Klagor noch, auf der Buchmesse 2008 –

Beck wurde rausgeschmissen am Schwielowsee, in Cern wurde der Teilchenbeschleuniger angestellt, und nachdem Damien Hirst in London seine Sensationsauktion glücklich (111 Millionen Pfund Erlös) hinter sich gebracht hatte, kollabierten noch am selben Tag in New York die in die dortigen Feuchtbiotope und Felsen hinein errichteten Banken.

Kreditkrise, Staatskrise, Vertrauen weg, Derivate angeblich hochspekulativ usw. Frage an den Staat: Hast du mal ein paar Milliarden? Herr Ackermann, Herr Mehdorn, der Schwarze Schwan im Herbst 2008. September, Oktober, November.

Ja: Wie war das gleich nochmal gewesen? Wie hat sich das angefühlt? *Loslabern* erzählt in drei Kapiteln – Reise, Herbstempfang 2008, Der Jüngling – Geschichten aus dieser grandios durchgeknallten Zeit.

Mit *loslabern*, 2009 erschienen, wurde das Buch *Schlucht*, eine Erkundung der Nullerjahre, fortgesetzt. Davor kam der Tagebuchessay *Klage* heraus, danach *D.I.E abstrakte*, Gedichte zu Zeichnungen von Albert Oehlen, und der Fotoband *elfter September 2010*, Bilder eines Jahrzehnts; zuletzt erschien im Herbst 2012 der Roman *Johann Holtrop*. Abriss der Gesellschaft.

Rainald Goetz, geboren 1954, studierte Medizin und Geschichte. Autor der Bücher *Irre, Krieg, Kontrolliert, Festung* und *Heute Morgen.*

und müsste ich gehen in dunkler Schlucht

Buch 6

Schlucht
2

I. IRRE. Roman, 1983
II. KRIEG, 1986
1. Krieg. Stücke
2. Hirn. Schriftzugabe
III. KONTROLLIERT. Geschichte, 1988
IV. FESTUNG, 1993
1. Festung. Stücke
2. 1989. Material
3. Kronos. Berichte
V. HEUTE MORGEN, um 4 Uhr 11,
als ich von den Wiesen zurückkam, wo ich den Tau aufgelesen habe
1.1. mit Westbam: Mix, Cuts & Scratches, 1997
1. Rave. Erzählung, 1998
2. Jeff Koons. Stück, 1998
3. Dekonspiratione. Erzählung, 2000
4. Celebration. Texte und Bilder zur Nacht, 1999
5. Abfall für alle. Roman eines Jahres, 1999
5.1. Jahrzehnt der schönen Frauen. Taggedichte und Interviews, 2001

VI. Schlucht

1. Klage. Tagebuchessay, 2008
2. loslabern. Bericht, 2009
3. Johann Holtrop. Roman, 2012
4. elfter september 2010. Bilder eines Jahrzehnts, 2010
2.1. mit Albert Oehlen: D.I.E abstrakte. Gedichte zu Zeichnungen, 2010
4.1. Kapitalistischer Realismus, Monopol, 10/2010
4.2. politische fotographie, Literaturmuseum Marbach, 2011

Rainald Goetz

loslabern

Suhrkamp

#

2. Auflage 2015

Erste Auflage 2012

Druck und Bindung: CPI – Ebner & Spiegel, Ulm
Printed in Germany

loslabern

Bericht
Herbst 2008

» alles, was man weiß, vergessen «

HIRN

podrostok

I

Reise

»to chant and enchant«

HOBBES

1. Der Gefangene

In einer Aufwallung von Direktheit und quasi sinnfreier Intentionalität hatte der Höllor, die Arme von sich werfend himmelwärts, ausgerufen: LOSLABERN: Traktat, Traktat über den Tod, über Wahn, Sex und Text, und, erheitert von diesem soeben durch ihn hindurchgefahrenen Expressivitätsereignis: Bericht!, der Herbst 2008!, dem davon Angestoßenen sofort stattgegeben und es geschehen lassen, dass da also LOSGELABERT würde, und dabei erzählt, wie ich, hier ja in Gestalt des Klagor noch, auf der Buchmesse 2008 bei Joachim Unseld auf dem Gang gestanden war, zu etwas vorgerückter Stunde schon, an dieser Ecke bei der Treppe, im Gespräch mit dem Schriftsteller Binswanger und dem Feuilletonredakteur Canetti, selbst schon etwas angetrunken, dadurch aber auch gesteigert animiert und verstärkt bei Sinnen, und wie es dort also zu diesen sofortistisch hochfahrenden Darlegungen über das LOSLABERN, eine entsprechend maximale Ethik der Schrift gekommen war, eine Moral des Schreibens, ich hatte in den Tagen zuvor diesbezüglich einige Notizen gemacht und war dadurch aktuell besonders besessen von diesen für mich verschiedene sehr existentielle Fragen lösenden Ideen, redete dadurch aber auch wie eingesperrt in diese Ideen daher, viel zu sehr gefesselt von ihnen, grotesk hysterifiziert durch sie, ich fing schon an, mich zum Ausgleich gegen das von mir selbst Gesagte nocheinmal auf das zuvor von Binswanger Gesagte konzentrieren zu wollen, während ich aber zugleich weiter über das LOSLABERN redete, es war mir jedoch entfallen, worauf genau ich eigentlich gerade zu antworten versuchte, der binswangersche Gesprächsbeitrag war von mir missbräuchlich nur in einen Anstoß für diesen meinerseitigen Moralmonolog umformatiert worden, ein Missbrauch der Kommunikationsfreiheiten nach Artikel 5 Grundgesetz (du sollst nicht missachten das Gesagte deines Gegenübers), es war mir jedoch viel weniger gegenwärtig, was er eben gesagt hatte, als das von mir in den vergangenen Tagen zur Moral der Schrift Zusammennotierte, und während ich gerade am Preisen der mit dieser Schriftmoral einhergehenden, ihr tatsächlich vorausgehenden richtigen Haltung zu den Realien des Sozialen im mitmenschlichen Kontakt gewesen war, war mir im staunenden Innersten meiner betrübten Seele klar, was für ein absolut absurder Irrsinn dies hier war, den Takt und die Tugenden der Geselligkeit als Basis für ein richtiges Schreiben zu preisen und dabei wie ein Verrückter und rücksichtslos monoman auf die direkt um einen Herumstehenden einzutexten und auch gar nicht mehr damit aufzuhören, das LOSLABERN, das einfach so dahergelaberte Schreiben, als höchste Textethik darzustellen, weil ja in ihm als vorher schon Gelöstes alles Entscheidende darin und enthalten und ausgesprochen sei usw usf, und in Wirklichkeit dabei selber daherzureden und aufzutreten wie der letzte Idiot, als, um hier zuletzt ganz an den Anfang, in die achternbuschischen Urgründe der Textmotorik zurückzukehren: DER DEPP.

Canetti hatte mich ganz höflich auf die problematischen Eitelkeitsimplikationen des von mir Gesagten hingewiesen, aber auch um auf diesen Einwand einzugehen, hätte es freiere Rezeptivitätskapazitäten gebraucht, die offenbar nicht verfügbar waren momentan im Gefangenen. Und erst als Kratzer mit den Worten dazwischentrat: ja ja!, Gefühle, Bilder, Stimmungen; Heftigkeiten, Streit etc, das von mir Gesagte dabei aufnahm und widerlegte, Kratzer war nämlich Gedichtedichter, stand ich endlich erleichtert daneben, hatte aufgehört daherzureden, hörte zu und schaute vor mich hin und freute mich. Die Gedanken waren dabei richtung Selbstmord abgedriftet, vom Egopunkt aus überschießend abgeschweift, die anderen redeten, ich rauchte, es war schön dabeizusein, solange man da war, am allerschönsten aber wäre es wahrscheinlich, wenn man, da man nicht mehr da war, auch nicht mehr dabei sein müsste. Die Nichtherstellbarkeit dieses Abwesenheitsglücks, und dann der Schock: hat sich umgebracht, das absolute Erschrecken, dass diese Nichtherstellbarkeit ja doch sehr wohl herstellbar war in echt, wenn man nur wollte. Wie hat er es gemacht? Wie ist es passiert? Er hat sich also wirklich aufgehängt? Es war nicht ausgeschlossen, dass die Theorie des LOSLABERNS richtig war, und sei es, dachte ich, nur wegen der albernen Schönheit des Wortes selbst, aber wenn, dann doch bestimmt nicht allgemein, sondern nur für mich, dass es sich also nicht um eine richtige Theorie handeln konnte, weil ich, das heißt hier: mein Geist, die intellektuelle Apparatur, die ich war, zur Ausarbeitung und Darlegung einer solchen Theorie gar nicht befähigt war. Ich sah, dass die Frau, die neben den Canetti herangetreten war, erfreut davon, dass hier in unserer Gruppe, türnah positioniert, geraucht wurde, sich eine Zigarette von jemandem hatte geben lassen und jetzt, herumblickend, nach Feuer Ausschau gehalten hatte, kramte in meiner Hosentasche, hielt ihr mein Feuerzeug hin, sie zog an ihrer Zigarette, atmete den Rauch ein und bedankte sich, ja, so war es vorgesehen, Feuer, Rauchen, Trinken, so war es gedacht. Ich war froh, dass ich seit so vielen Jahren zum ersten Mal wieder auf der Buchmesse war, auch wenn ich merkte, dass ich in den Jahren des Nichtdabeiseins die Normalität des sich hier Bewegens, des Mitredens und Mitfloatens eventuell ein bisschen oder auch ziemlich stark vielleicht sogar verlernt hatte. Bitte nicht darüber schreiben, hatte ich den Canetti gebeten und auch dabei gespürt, wo es hakte: zu viel Ego, zu wenig Egal, zu wenig Sozial, das hing ja auch alles zusammen, dieses zu viel und zu wenig, diese praxiswidrigen Disbalancen in den Tiefenfundamenten, was Denkprobleme und Asozialitätsfehler zur Folge hatte, aber gut, in diesem Augenblick machte das nichts, und irgendwann einmal, das war auch klar, würden auch diese Fragen geklärt werden oder sich geklärt haben, für mich, von mir, für andere und mich. Ich ging ins Wohnzimmer und verabschiedete mich von Joachim Unseld, der mir den neben ihm stehenden Tazredakteur Dirk Knipphals vorstellen wollte, aber ich sagte nur den damals bei der Vanity, als es um diese verrückte verbale Lügenbaronsache gegangen war, zum geflügelten Wort gewordenen Ulfsatz: *und jetzt auch noch Dirk Knipphals!*, und ging, von diesem Unsinn zusätzlich beschwingt, nach draußen. Da lag also die schöne Lilienthalallee in ihrer großen Weite da, da standen überall die Bäume, hohe Bäume, winddurchwehte oben, da stand kein Taxi auf der Straße unten, da standen nur ein paar Versprengte vor dem Haus, andere Gäste, die auf Abfahrt warteten, da gingen sie also und kamen sie, Gedanken, Bilder, die Jahre, die ihr kennt.

·

Es war der Herbst der stürzenden Kurse an der Börse, und nur eine Aktie war für einen blitzhaft kurzen Augenblick exorbitant in die Höhe geschossen, die von VW, die Kernschmelze des globalen Finanzsystems fühlte sich gut an, die Katastrophennachrichten aus der Welt der zusammenbrechenden Banken hatten einen extremen Gegenwärtigkeitsflash, der um jede von ihnen herum im Erstmoment ihres Erscheinens grellstens und eisig kalt leuchtete, man war schon ganz süchtig danach, dass irgendein nächstes Institut kurz vor dem finalen Exitus, dem Supercrash, dem totalen Endzusammenbruch stand, dann aber gerade noch, da es, wie es jetzt dauernd so selbstverständlich soziologenhaft hieß, systemrelevant war, vom Staat mit soundsovielen Hunderten von Millionen, bald Milliarden Dollars und Euro GERETTET werden musste und auch gerettet wurde, gerettet werden konnte, dass das überhaupt ging, alles war ja auch noch hochspekulativ, die verrückten Derivate, die Zertifikate, die giftigen Papiere, die ganzen Begrifflichkeiten der nie gelesenen Sonderseiten hinter Wirtschaft und Finanzen hatten einen märchenhaft theoretizistischen Zauberklang, ein völlig neues Stück Welt ging da plötzlich auf mit aller Macht, sein Titel war ja auch nicht schlecht: Das Geld. *Und dann auch noch:* Jörg Haider. Jörg »Lebensmensch« Haider legte zum Buchmessenauftakt einen solch genialen Abgang hin in Klagenfurt, Josef Winkler und ich hätten ihn uns schöner nicht ausdenken können, ich hoffe, ich trete dem Josef mit dieser mit ihm so nicht abgesprochenen Einschätzung nicht zu nahe. Ich saß mit drei Leuten vom Stern im Taxi, es sollte zu Rowohlt gehen, kommst du auch noch mit zu Rowohlt, hatte der eine Typ mich gefragt, und ich war dann dort vor Joachims Haus sofort mit in dieses nächstbeste Taxi eingestiegen, einmal Rowohlt bitte, warum nicht. Ich kannte die Leute vom Stern nicht, ich lese ja wirklich fast alles, bloß den Stern, der Stern, wie soll ich sagen, macht einfach keinen Spaß, schon beim Blättern wird man gezielt geistig abgetötet, das haben die Sternleute wirklich perfektioniert, diesen Geistesabtötungseffekt, allein durchs Blättern, von den Texten im Stern weiß ich deshalb nichts, zu den Texten im Stern bin ich noch nie vorgedrungen, wahrscheinlich sind die Texte unglaublich gut geschrieben, gewinnt der Stern nicht auch jedes Jahr alle Reportage- und Layout- und sonstigen Journalismuskonzept-Preise, aber es ist beim Stern wie mit Springer, die Krätze der Geschichte geht nicht weg, der Stern ist und bleibt das wöchentlich neu erscheinende Hitler-Tagebuch, egal was drin steht, sicher ganz toll für die, die sich wöchentlich für Hitler interessieren, die kaufen den Stern und freuen sich, die anderen lassen ihn am sogenannten Kiosk liegen. Die Kulturredakteurin vom Stern, die vorne auf dem Beifahrersitz saß, erklärte dem Taxifahrer die ganze Zeit ihre fürchterliche Tunnelphobie, Lady Diana etc, weshalb der Fahrer keinesfalls durch irgendeinen Tunnel fahren sollte, was dann aber natürlich doch passierte, woraufhin die Frau, der es offenbar ein Anliegen war, vor den vier, von ihr wahrscheinlich für sehr dumpf gehaltenen Männern um sie herum sich als hochsensibles Phobienervenbündel aufzuführen, hysterisch rumzuschreien angefangen hatte, während der Fotograph an meiner Seite mir angenehm ruhig erklärte, wir würden uns von früher kennen, Stichwort Hollmann, aha, verstehe, interessant etc, und trotz des Geschreis der Tunnelphobikerin vorne war die Stimmung hinten im Taxi gut, und dann waren wir auch schon da. Die Rowohlttüre, für ihre Strenge berühmt, ich glaube sie halten sich selbst und ihre Türe für so wichtig wie die Türe des legendären Münchner P1 sich selbst zu dessen Hochzeiten Anfang der 80er Jahre, alles wurde ganz genau gecheckt, natürlich, danke, und dann waren wir drin. Ich traf auf Dietmar Dath, hallo Dietmar, und verwickelte ihn, wahrscheinlich gegen seinen Willen, in ein ziemlich anstrengendes Gespräch buchmessentypisch umfassender Totalhaftigkeit. Was genau im Einzelnen verhandelt wurde, müsste ich bei Dietmar Dath, der im Gegensatz zu mir, der ich inzwischen schon ganz schön angehackt war, wohl noch ziemlich nüchtern war, auf mich jedenfalls komplett nüchtern wirkte, direkt nachfragen, mitten im Gespräch jedenfalls ergriff Dietmar Dath die Flucht vor mir, hatte ich ihn mit lauter von ihm gar nicht bestellten Argumenten und vielleicht sogar auch unzulässigen Fragen zugeschüttet, so er mich jetzt im Abgang mit der Plötzlichkeit seines Verschwindens seinerseits nicht schlecht bekübelt. Ich schüttelte mich kurz, der begossene Pudel, als der ich da stand, trank das Bier aus und ging an die Bar, wo ich Andreas Neumeister und Thomas Meinecke gesehen hatte, auf der Theke vor ihnen lag das Buch über das Münchner Nachtleben, MJUNIK DISCO, ich schaute es an, und Andreas Neumeister, der für das Buch einen Text geschrieben hatte, schenkte es mir, einfach so, aus Münchner Herzlichkeit, die mich in dem Moment besonders stark erreichte und erfreute. Wir redeten über den genialen Haider-Crash. Der Haider-Crash war das Realkunstwerk des Jahres 2008, das Überkunstwerk überhaupt, ich hatte in den Nächten vor der Buchmesse nichts anderes gemacht, als stundenlang im Internet die letzten und neuesten Details zur Todesfahrt des Haider mir anzuschauen, alles zu lesen, was dazu geschrieben und gemeldet wurde, und mir vorallem bis ins allerletzte genau diese berühmten allerletzten Sekunden und Sekundenbruchteile im Leben des Haider, von seinem Bewusstsein aus gesehen, ganz genau vorzustellen, räumlich, gedanklich, gefühlsmäßig, verbal, die Obszönität dieser Hineinversetzung in den Haider war mir dabei klar, aber egal, die Vorstellung dieses tatsächlich ja Geschehnis gewesenen Realitätsmoments war eine für mich vernünftige, richtige, sozusagen phantastische Empathie ins Nichtphantastische realer Welten. Besonders dieser eine Stein am Straßenrand hatte es mir angetan, der dafür gesorgt hatte, dass der Haider diesen einfachen Überschlag in seinem an sich ja todsicheren Phaeton nicht überlebt hatte, weil dieser Stein exakt an der Stelle am Straßenrand gestanden hatte, wo der haidersche Phaeton ausgerechnet mit der Windschutzscheibe, also ohne jeden Schutz, aufgeschlagen und eingeschlagen war, wäre der Stein da nicht gewesen oder der Phaeton auch nur ein kleines bisschen weiter oder weniger weit herumgewirbelt gewesen an dieser Einschlagsstelle, wäre der Haider kopfschüttelnd aus seinem gar nicht so extrem zerstörten Wrack ausgestiegen, hätte seinen Lebensmenschen, den verrückten Stefan »Lebensmensch« Petzner, angerufen, dass er ihn schnell abholen soll, bevor die Polizei kommt usw, aber diese Möglichkeit hatte das Zusammentreffen von Straßenrandstein und Wirbelwinkel des Autos nicht zugelassen, der Kopf des Haider hatte sich, bei Tempo 170 durch die flache Kurve schwebend, eine elektronische Animation war schon in der zweiten Nacht zugänglich, von einer quasi hinter dem Auto herfliegenden Kamera aus gesehen konnte man die letzten paar hundert Meter der Fahrt des Phaeton vor dem Crash genau und immer wieder nachvollziehen, exakt auf diesen einen Stein hinbewegt, um an diesem Stein so zerschmettert zu werden, dass das in diesem Kopf befindliche Hirn des Haider so kaputt gegangen war, dass allein von daher ein Weiterleben des Haiderschen Bewusstseins und seines sonstigen Körpers nicht mehr möglich gewesen war. Ich hatte mich richtig in Rage geredet, die anderen Leute, so auch der Andreas Neumeister, schauten mich, wie ich mit meinen hyperpräzisistischen Haiderexpertisen auftextete, ein bisschen verwundert an, aha, ich bitte um Entschuldigung, dachte ich und hörte kurz mal wieder auf zu reden. Jeder, der an die Bar kam, nahm MJUNIK DISCO in die Hand und blätterte darin, das Buch war genau heute neu erschienen, im Münchner Blumenbar Verlag, und es war schon am Tag seines Erscheinens ein Standardwerk und Instantklassiker, derartig voll mit Fotos, Plakaten, Flyern und Geschichten, dass jeder, der je in München dabeigewesen war, sofort ins Weitererzählen und Träumen und sich Erinnern dadurch gebracht wurde, zu jeder zweiten Seite hatte jeder eine eigene Geschichte dazuzuerzählen, das Buch war wirklich Zeitwahrheit gespeichert pur. Und während beim Blättern die Gesichter von Woody und Olaf, dann groß die Buchstaben DJ WOODY in Babalu-Schrift vorbeihuschten und auch ich an mein München der damaligen Jahre denken musste, wie wir zum Feiern dauernd nicht nur nach Frankfurt, sondern vor allem auch nach Berlin gefahren waren, gerade auch in dieser Dreier-Besetzung, Woody, Olaf und ich, und wie ich damals schon immer in Berlin hatte bleiben wollen, aber nach München zurückfahren musste, weil es in München wegen des FEIERNS dort zu der Zeit für mich, Anfang und Mitte der 90er Jahre, so schön gewesen war, dass ich nirgendwo anders leben hätte können als in München, daran wurde ich durch Mjunik Disco hier erinnert, aber auch daran, dass ich selber mich eigentlich an all das nicht gerne erinnern wollte, auch die Fotos, die auf der Facebookseite ZEITMASCHINE von diesen Jahren und Zeiten gezeigt wurden, hatten in sich die Impulsivität der vergangenen Gegenwärtigkeits-, Glücks- und Wir-Flashs, die in das damals gemeinsam erlebte Nachtleben zurückzeigten, die Gesichter der Feiernden, von denen man viele nur vom Sehen, vom Sehen dafür aber um so viel besser gekannt hatte, aber es kam mir fast wie ein Missbrauch der vergangenen Wahrheit in ihrem realen Extremismus vor, sie sich jetzt im Rückblick, leicht verniedlicht und verkleinert, so noch einmal zu einer Art Nachgenuss vor Augen zu führen. Das Erkenntnisprogramm von damals weiterzuentwickeln und auf die heutige Gegenwart anzuwenden, das müsste die Aufforderung der in Mjunik Disco versammelten Zeitmaterialien für mich sein, dachte ich, anstatt sich selber weiterzuentwickeln, sich selber eher immer wieder zurückzuentwickeln, dafür aber am Urerkenntnisprogramm festzuhalten, es weiterzuentwickeln und immer neu auf Aktualität anzuwenden zu versuchen usw. Dazu war ich Ende 96 nach Berlin gegangen, und nur weil ich mich dort dann, in den perversen Nullerjahren, mit meinem POLITPROJEKT aus mir selber noch nicht ganz verständlichen Gründen, auf verfehlte Art jedenfalls, bei der Erforschung von nichtnächtlicher Weltnegativität und ihrer Geschichte untertags, für die ich möglicherweise komplett ungeeignet war, mit ganzer Konzentration dafür aber, was wahrscheinlich obendrein jedoch die für einen Soloschreiber auch noch allerfalscheste Produktionsmethode ist, ganz und gar und in die Falschheit VERRANNT hatte, das Politprojekt war sozusagen meine Farbenlehre geworden, Ergebnisse falsch oder unbrauchbar, Zeitverschwendung aber wegen richtiger Erkenntnisrichtung (Welt) richtig, war das Erkenntnisprogramm selber für mich dadurch noch nicht widerlegt. Später war ich durch die Arbeit bei der Vanity, die Ulf Poschardt mir in seiner extrem aufgedrehten Großoffenheit ermöglicht hatte, unter die Lebenden und

Menschen und deren Normalkollektivitäten wieder zurückgekehrt, ähnlich auch im Berghain, hier von Thilo Schneider und Michael Teufele als Höllor engagiert und beauftragt, Berichte aus den dortigen Höllen, hier etwa aus Hölle 3, zu liefern, und ich zitiere, Herr Präsident, mit Ihrer Erlaubnis.

Der HÖLLOR ging schon mal vor, um sich zu melden; sagt aber bitte keinem, sagte er, dass ich schon da bin, was sowieso keiner vorgehabt hatte, die Leute schauten deshalb zu Boden und wunderten sich, der Höllor war eventuell verrückt geworden, aber die Welt draußen drehte sich weiter, Regen war vom Himmel gefallen, es wurde Nacht, es wurde Tag: der erste Tag. Der Höllor trat mit dem Fuß in die Wand, der Höllor war sauer. Es krachte, der Putz bröckelte, das Haus stand aber fest und bewegte sich nicht. Es wurde Abend, es wurde Morgen, der zweite Tag. Der Höllor rüttelte an diesem Buch: Rebellion und Wahn. Er haute auf das Buch ein, er schrie es an, nie wieder wollte der Höllor ein Buch sich aufgeöffnet vor das Gesicht halten, um darin zu lesen, anstatt direkt darauf zu kotzen. Der Höllor hätte im Moment ohne Grund auf alle Bücher dieser Erde am liebsten nur noch kotzen können, tat dies aber nicht. Er spuckte aus, er atmete ein, er zertrat eine Nuss am Boden, der dritte Tag. Am vierten Tag hatte der Höllor keine Lust mehr auf Hölle. Schweigen, Tee, Jasminblüte und Sexualität. Der Höllor leuchtete. Er nahm die Bügeleisen aus dem Himmel und fuhr mit der vorderen Watte oben vorbei und weiter hinten durchs Dickicht bis hoch über Teufelsbrück hinaus, ja, so war der Höllor drauf. Löchrig tönten im Höllor die früheren Lieder, er hörte Gesang, Gesang klang schön, es fehlte ihm dabei auch nicht an sanfter Furiosität, das Lied, das der Höllor hörte, ging etwa so, nicht zu schnell gesungen: Es blasen die blauen Husaren und reiten zum Tore hinaus, da komm ich, Geliebte, und bringe dir einen Rosenstrauß, dir: einen Rosenstrauß. Am fünften Tage war der Höllor ausgegangen. Freitagnacht, die Hölle ruft, rief der Höllor, Höllach lachte. Höllor war sich selbst zum Depp geworden. Das Wort SEELENTIEFE hätte dem Höllor noch ein letztes Mal zu denken geben können, aber das ihm Gegebene war ihm fremd geworden. Fern stand der Mensch, ferner die Idee Mensch, fernstens das Nichts zwischen dem Höllor und dem Begriff des Höllor von sich selbst, lachhaft. All das war zerbröselt worden von der Wut des Höllor. Der Höllor trank. Der Alkohol verfehlte aber jede Wirkung auf den Höllor, die Wut des Höllor wurde dadurch nur noch mehr. Nur der DJ war sehr gut. Später war der Höllor aber doch noch so total betrunken gemacht worden von dem Bier und den anderen von ihm getrunkenen Getränken, dass er die Olympus Kamera, die er an der Kasse abgegeben hatte, mitzunehmen doch tatsächlich vergessen gehabt hatte beim Heimgehen. Die Wut des Höllor auf das Vergessen der Olympus war jetzt aber praktisch auf null heruntergesenkt worden, da sie von dem Rausch komplett und auf das allerschönste ausgelöscht worden war. So nahm der Höllor zu Hause die Bibel zur Hand. Der Schöpfungsbericht brachte Licht in die Wirrnis der Tage der Dunkelheit des Höllor. Der Höllor hielt das Buch der Bibel, die Stunden vergingen, draußen war der Herbst in der Luft, der sechste Tag. Am siebenten Tag aber ruhte der Höllor. Höllor dachte: das Gehauchte. Er schaute sich dabei die Bilder dieser Ausstellung nocheinmal an, LIGHTER, Ledergürtel, Zeit für Träume, ganz fragilo, Slate, 2005. Vom Rausch der Vornacht war ein Glimmer der Zittrigkeit und Weinerlichkeit im Höllor übergeblieben, eine Träne kam hoch und machte dem Höllor die Augen hell. Der Höllor schwächelte, verfiel. Er hätte hier jetzt gerne noch einmal böse aufgelacht, kriegte aber kein Bein des Bösen auf den Boden mehr. Bösor: Fehlanzeige; Ernstor: nicht zu sprechen. Für den Fall einer zukünftigen Diktatur einer etwaigen nächsten Hölle hier muss und werde ich, so der Höllor, mein Hirn vorher und fristgerecht zum Trocknen bringen, denn so, wie diesmal, ist es mir zu nass gewesen. Gezeichnet: Höllor.

Im Namen des Höllor dachte ich an die neuen Gemälde von Albert Oehlen und die Debatten, die wir über die höllische Übergrellheit des WEISS auf diesen Gemälden geführt hatten. Es war im Augenblick meine Akutobsession, dass man allzu grellhellen Lichtern und Tagklarheiten im Interesse der Wahrheit aus dem Weg zu gehen hätte, weil der Extremismus der Eindeutigkeit nicht mehr genügend automatisch mit einem Gegenextremismus, der sich von selber dagegen erheben hätte müssen, in einem beantwortet wurde, warum das so war, konnte vorerst offen bleiben, es war aber nach meiner eigenen Beobachtung an mir und anderen so, so ähnlich wie in Bernhards, in diesem Herbst in der Faz vorabgedruckten, Preisen, die, so wunderbar sie auch waren, doch von Berhard richtigerweise nicht veröffentlicht worden waren, weil sie die Bernhardschen Erlebnisse zu schutzlos offen, zu klar, zu wenig künstlich eingedüstert, seine Persönlichkeit zu direkt und real persönlich preisgegeben hätten, wenn er sie zu Lebzeiten veröffentlicht hätte, Bernhard hatte das gespürt, ohne den Grund zu kennen, behauptete ich jetzt dem Eckhard Schumacher gegenüber, mit dem es mich, mit dem Thomas Meinecke zusammen, ins nächste Taxi verschlagen hatte, unterwegs zur Party der jungen Verlage. Jetzt, wo Bernhard tot war, war es natürlich egal, was von Bernhard selbst Unveröffentlichtes im Nachhinein und gegen seinen testamentarisch verfügten letzten Willen aus dem dadurch eigentlich ja gesperrten Nachlass alles noch veröffentlicht wurde, im Gegenteil, heute war es wunderbar, dass das von ihm selbst Zurückgehaltene veröffentlicht wurde, er hatte eine ziemliche Schwächephase Anfang der 80er Jahre gehabt, populär gewordene Bücher wie der Untergeher oder Beton hätte er zehn Jahre und eine Autobiographie früher in genau der Form bestimmt nicht veröffentlicht, in der sie erschienen waren, er hatte seine eigenen Standards an Qualität selber gesenkt in dieser Zeit, aber er hatte diese Qualitätsstandards doch auch nicht komplett aufgegeben, das konnte man jetzt an der Tatsache, dass er seine fertig geschriebenen Preise dennoch zurückgehalten und nicht veröffentlicht hatte, erkennen, die Freude an Bernhard war dadurch, gerade wegen der Nichterstklassigkeit seiner Preise, besonders erneuert worden, und die offensichtliche Ahnungslosigkeit, Bernhard betreffend, von Leuten wie Gustav Seibt und Maxim Biller, die sich über Bernhards Preise und seine Preisreden abfällig, höhnisch und so, als würden sie selber weit darüberstehen, öffentlich geäußert hatten, erneuerte und erhöhte die Freude am neuesten, realerweise uralten Thomas Bernhard. Eckhard Schumacher erzählte dem Thomas Meinecke und mir von der Universität Greifswald, an deren germanistischem Lehrstuhl er demnächst als Lehrstuhlinhaber, als das also, was früher ein C-4-Professor gewesen war, hin wechseln würde wahrscheinlich, und nichts mochte ich lieber, nach einigen Zwischenwassern bei Rowohlt inzwischen auch wieder ganz gut ausgenüchtert, als den Erzählungen von Germanisten oder auch Journalisten über die Realität ihres Arbeitslebens, die praktischen Bedingungen der Produktion ihrer Ideen und Texte zuzuhören. Wo genau steht eigentlich der Fotokopierer bei den Greifswalder Germanisten? Das meinte ich mit Aufstand gegen die primäre Welt, dieses ewige Hinwollen zum Sekundären, was bei mir nicht nur aus einer Aversion gegen die Kitschreaktionärheiten von Botho Strauß herkam, sondern wirklich ganz originäres Primärinteresse an Sekundarität war, an Theorie, Konstrukt und Metakonstruktionen und an den Institutionen, in denen das dann wieder zu nachlesbaren Texten wurde. Und wie Eckhard Schumacher jetzt von der Zeitschrift TEXT und KRITIK redete, ich glaube, sie schreiben sich korrekterweise und in schön sixtieshafter Extratrockenheit mit einem Pluszeichen zwischen Text und Kritik und die beiden Hauptworte klein, und fragte, ob eventuell auch ich an einer der nächsten Nummern mitarbeiten würde, Interview oder so, war es mir schlagartig plötzlich klargeworden, dass die Idee doch eigentlich wäre, nicht an Text und Kritik mitzuarbeiten, sondern die eigenen Sachen gleich so zu schreiben, dass sie selber beides zugleich wären, *text + kritik*. Dass dann ein Buch eigentlich erst fertig und eine in sich ganze Sache wäre, wenn die Interviews, die man nachher dazu geben könnte, im Buch selber schon enthalten wären, das Buch selber die Antworten auf alle möglichen Interviewfragen geben würde, dass das dieser praktische Theoretizismus des Erzählens und Berichtens wäre, der mir immer vorschwebte, Handlung und Absicht ineinander verwickelt wie in echt, Erfahrung und Gedanke, Ereignis, Theorie, Erleben, Sache, Kommentar und Reflexion und was nicht noch alles, alles in allem kurz gesagt so miteinander vermengt, dass am Ende, das wäre das ultimative Buchideal, jeder Satz des Buches auf jede nur erdenkliche Interviewfrage eine mögliche und nicht falsche Antwort wäre, dass man zur Interviewanfrage immer sagen könnte,

Interview, gerne, nehmen Sie einfach das Buch, zitieren Sie, was Sie wollen, Interview ist fertig und auch schon autorisiert. Dass also das Buch selber über alles reden würde, worüber ich reden würde wollen, und worüber das Buch nicht redet, das möchte ich auch nicht gefragt werden, denn darüber rede ich nicht. Ich dachte wieder an Irre, wie Unseld mir damals, mit dem fertigen Manuskript, den dritten Teil ausreden wollte, der sich im Nachhinein als eine Art Programmschrift dieser von mir verfolgten Ästhetik herausgestellt hatte, ohne dass ich das damals wusste, ich war mir nur ziemlich sicher, dass Unseld sich in diesem Fall irrte, und wie froh ich heute bin, dass ich dabei geblieben war, daran doch festzuhalten. Das Taxi fuhr durch die Frankfurter Nacht, die anderen redeten, ich hatte eben diesen Erkenntnismoment gehabt, die Klarheit freute mich kurz, aber zugleich war mir auch der Knast, das Knasthafte dieser Literaturkonzeption vor Augen getreten, mir fiel der Andreas Maier ein, der vorhin mit seinem herrlichen neuen Apostelbart einmal an der Bar vorbeigeweht war, wie so eine Erscheinung, sein neuer Roman Sanssouci, vielleicht würde sich ja doch auch für mich dieser Identifikationskurzschluss meiner all-in-one-Literatur irgendwann auf irgendetwas anderes, ich weiß gar nicht was denn genau hin, auftun, das waren so die Ideen, die Phantasien, und dann standen wir live und in echt vor diesem berlinisch abgetrashten Schuppen, Name vergessen, wo die Party der jungen Verlage sein sollte, der Laden wirkte irgendwie ländlich sympathisch, kleinere Traube wartender Leute auf der Treppe davor, wir gingen rein, im ersten Stock, eine Art riesiger hölzerner Speicher mit Kunst an den Wänden, gab es einen eigenen steinernen Extrakubus, eng, da wurde richtig getanzt, da stand ich länger am Rand an der Wand, der Lärm der Musik hier war sehr laut, gut laut, danke Andreas Neumeister, dachte ich, für Mjunik Disco, das Buch hielt ich in der Hand, in der anderen die Bierflasche, Gefangener meiner Gegenwart, fragliche Figur.

#

Am nächsten Morgen fand ich mich dann, um hier endlich mal zur Sache zu kommen, in einem Sessel in einer Sitzgruppe vorne am Fenster dieses verrückten Hotels, das sie in Frankfurt jetzt neulich ganz frisch neben dem Bahnhof, knallrot, in der Pampa abgeworfen hatten, ein Mövenpick, wo ich im siebten Stock ein extrem angenehmes Zimmer vom Verlag zugewiesen bekommen hatte, vielen Dank, Frau Becker, in einer, die nächtlichen Vorgänge und Geschehnisse, insbesondere was das an Substanzen von mir dabei Konsumierte, was das Getrunkene und das Gerauchte also anging, nicht ableugnen könnenden inneren SHAKYNESS wieder, die Musik dudelte lasch, vor meinen Augen hatte sich die Buchmessenzeitung der Faz aufgeblättert, die da am Sitzgruppentischchen gelegen und von mir wahrscheinlich in die Hand genommen und aufgeblättert worden war, und ich konnte jetzt also dort nachlesen, wo ich gewesen war und was dort passiert war, überall gab es Bilder, Kolumnen, es war sozusagen ein gedruckter Buchmessenblog, es ist verrückt, es hätte ja jeder machen können, aber die Faz hatte die Idee einfach mal probeweise in die Tat umgesetzt, sie hatten ihre unsagbar zitterhaarige Andrea Diener aktiviert, eine Kitschgestalt, wie sie in den einschlägigen Frauenblogwelten als ältlich altmodische Sumpfblume, die endlich doch auch noch einmal blühen darf, für vier Leute im Netz, in großer Zahl, Klebrigkeit und frauenhaft selbstbewusster Penetranz seit einigen

Jahren überall gewachsen ist, der berühmte Don hatte einen späterhin noch berühmten Artikel über diese Andrea für die gedruckte Faz geschrieben, gut, die bloggte da also so bisschen peinlich bieder, wie sie halt so drauf ist, vor sich hin, das störte auch nicht weiter, weil zugleich die gesamte Armada der Faz-Kultur, alle festen und freien Mitarbeiter der Kultur-Faz in die Buchmesse hinein und auf die abendlichen und nächtlichen Empfänge und Aktivitäten überall im Umfeld der Buchmesse hinaus ausgeschwärmt waren, und wenn die Faz eines kann im Bereich der Kultur, dann Vielstimmigkeit auf einem Qualitätsniveau bringen, das es sonst so nicht gibt, und all das hatten sie dann da über Nacht zu diesem herrlichen fliegenden Blättchen zusammengeklopft. Die Krise hatte die Buchmesse zumindest auf dieser Ebene noch nicht erreicht, im Gegenteil, das war noch Restboom aus 2007, 2006, für mich war die Zeitung neu, vielleicht gibt es die schon seit Jahren, ich war ja schon so lange selbst nicht mehr da und dabeigewesen auf dieser Frankfurter Buchmesse, die mir jetzt hier im Reflex des Abgedruckten der Buchmessenzeitung der Faz gleich noch einmal noch besser gefallen hatte, als es am Abend zuvor live auch schon der Fall gewesen war. Mein Fall hier war jetzt also jedenfalls und in Kürze dieser, ich war aufgestanden und sah, wie die Buchmessenzeitung, die mit mir aufgestanden war, weil ich sie in der Hand gehalten und nicht losgelassen gehabt hatte, jetzt auf das Sitzgruppentischchen, dessen Fläche in Kniehöhe da vor mir lag, hinuntersegelte und dort zuletzt, dieses Bild nahm ich im Abdrehen und Weggehen noch mit, mit einem unglaublichen Donnerschlag aufgeschlagen war. Dann ging ich, und zwar einfach durch die Türe hindurch, hinaus. Es regnete, es blitzte, gut, was soll man tun, ich tauchte also zwischen den in großer Zahl und Dichte auf mich herabstürzenden riesigen Regentropfen dieses heurigen Buchmessendauerregens, so gut es eben ging, hindurch und lief auf das nicht so weit entfernte stählerne Sperrgitter zu, wurde von der dortigen Drehtüre hineingeorgelt und gewirbelt und war dann also tatsächlich drin und dabei, Buchmesse 2008. Es war wie früher, wie immer, es war EUPHORIN pur. Ich dachte seit langem zum ersten Mal wieder an meine erste Buchmesse, wo die Enzensberger-Zeitschrift Trans-Atlantik und der dort für mich zuständige Redakteur Michael Rutschky meine Anlaufpunkte gewesen waren, meine Reise durch das Deutsche Feuilleton, die ich hier jetzt ja quasi am Wiederholen war, war noch in Arbeit oder schon erschienen, keine Ahnung, Fauser stand irgendwo in der jetzt jüngst wieder überall reportierten Grimmigkeit des harten Trinkers und echten Mannes an eine dicke Säule gelehnt, daneben Gaston Salvatore, das maximale Gegenteil dazu, Enzensberger war ein junger Mann von Anfang 50 Jahren vielleicht, und ich war der Knabe, o ja, da ich ein Knabe war, gerettet, Hölderlin, Moment, ich musste meine Buchmesseneintrittskarte herausfummeln, die junge Frau am hiesigen Drehkreuz bewegte von innen mit ihrem wahrscheinlich stellenweise hautbedeckten menschlichen Körper die darüber angezogene Uniform in der Weise, dass das elektronische Lesegerät, das sie in der Hand hielt, über die ihr von mir entgegengehaltene Karte eingeflogen gekommen und dort, innehaltend, in einer minimalen Berührung zwischen Lesegerät und Karte zum Stillstand gekommen, zur erfolgreichen Kontaktaufnahme veranlasst worden war, die Karte war also gültig, lächelnd winkte die uniformierte Frau mich durch und wünschte mir auch noch das Allerbeste, vielen Dank für diesen Augenblick meiner Reise um die Welt in 80 Tagen, Helge Timmerberg und Bernward Vesper, als geistige Seitenleitplanken etwa, bisschen Heine in the air und dann selber mitten durch, wie es jeweils kommt, das war die Idee. Taumelnd und traudelnd, in einem, vom massenhaft durch die Menschen, Gesichter, Blicke und Körper in mir jetzt zusätzlich auch noch freigesetzten SOZIALIN bewirkten, extrem angenehm eingetrübten Bewusstseinszustand bewegte sich so im Schlepp meines Körpers mein Ich durch die Messe und über die Messe hin. Als ich den Andreas Fanizadeh sah, wachte ich auf, sofort auf 110, wir redeten über seine Raf-Film-Besprechung in der Taz, der Raf-Film war das große, vom Feuilleton mit einer erschütternden Unisonoheit in die Welt gestampfte Thema der zurückliegenden Tage oder gar Wochen gewesen, in dem Generalstab, der diesen Medienfeldzug geplant hat, möchte ich nicht gesessen sein, wenn später einmal die Enkel fragen, wie und womit man sein Geld verdient hat, sogar Andreas Fanizadeh hatte den Film gut besprochen, der Film war wieder ein Eichinger-Machwerk der schlimmsten und widerwärtigsten Sorte gewesen, da war der Untergang, an dessen Hitlerei ich mich noch richtig SCHLAPP gelacht hatte, ein Kunstwerk dagegen gewesen, das hier war Zeitgeschichte, fast noch Gegenwart, und diese fürchterlichen Filmwiderlinge, die einfach notorisch immer noch einen Tic blöder und banaler sind als alle anderen, kein Mensch kann mir erklären, warum Film die Filmleute so unglaublich aggressiv verblödet, hatten aus dem genialen Aust-Buch, auch noch unter aktiver Mitarbeit des Aust selbst, einen so unfassbar dumpfen Ballermannfilm gemacht usw, und da war also sogar die Taz in Person des von mir von früher, aus Beute-Zeiten schon so lange gekannten Andreas Fanizadeh auch in die Kniee gegangen davor. Andreas, rief ich aus, ich habe deine fürchterliche Raf-Film-Kritik gelesen, wie kann das passieren, dass auch noch die Taz, die man als letzte Bastion der Seriosität in so einem Medienorkanmoment sich vorstellen würde, diesen fürchterlichen Drecksfilm gut findet, das gibts doch nicht, das geht doch nicht, aber natürlich gab es Gründe, Andreas Fanizadeh hatte natürlich schon mit unendlich vielen Leuten diese Debatte über seine zustimmende Raf-Film-Kritik ixmal geführt, aber auf nette Art nahm er es sportlich, dem Wesen unseres Berufes, als Schreiber eben immer auch Argumentmaschine zu sein, entsprechend, gern bereit zur genau richtig langen Kurzdebatte von 77 Sekunden etwa hier beim Zufallstreffen auf irgendeinem Buchmessengang, er erklärte paar Gründe, es hatte ja auch noch eine andere, nichtpositive Kritik in der Taz dazu gegeben usw, wir verabschiedeten uns mit der Aussicht, uns in den kommenden Tagen sicher noch einmal über den Weg zu laufen, und komischerweise war für mich allein dadurch, dass ich mit ihm jetzt hier diesen kurzen Heftigkeitsaustausch darüber gehabt hatte, die Position seiner Kritik aus der textlichen Absolutität wieder ins Diskursive zurückgeholt worden, stimmt, es war ja kein Dekret, es war eine Stimme, seine Meinung, die er in dem Moment so zur Debatte stellen wollte usw, und ich setzte mich auf einen Eckabsatz am Rand des Gangs, um diese Selbstverständlichkeit trotzdem kurz aufzunotieren, als ich jedoch dasaß, war ich von den Bewegungen einer Frau mit Hemd am Außenrand meines Gesichtsfeldes abgelenkt worden, und nachdem ich, nachdem mir klar geworden war, dass die Frau sich mit diesen Bewegungen eventuell bei mir bemerkbar zu machen beabsichtigte, aufforderungsgemäß hingeschaut hatte, hatte ich das zu Notierende plötzlich vergessen. Ich schaute vor mich hin und dachte kurz nichts mehr, und weil vom internen Parlament meiner versammelten Bestrebungen kein Einspruch erhoben worden war, im

Gegenteil die entsprechende Floskel gekommen war, ich höre keinen Widerspruch, dann ist das so beschlossen, ließ ich den vergessenen Gedanken bei den Bewegungen der Frau mit Hemd, stand mit meinem unbenützten Notizbuch in der Hand auf und ging weiter. Andererseits waren wir auch Sprachmaschinen und, es hilfte, hulfte, half nichts: deutsche, deutschsprachige Sprachmaschinen. Das dachte ich, wie ich in der Ferne, am Ende eines langen Ganges in irgendeiner Halle jetzt, den Kiepenheuer-Stand und dort, bei Kiepenheuer, um einen exponiert an der Außenecke dort stehenden Stehtisch herum, drei Leute, den Christian Kracht, den Helge Malchow und die Frau des Christian stehen sah und einen solchen Schreck dadurch bekommen hatte, dass dieser Sprachgedanke mir geistig geantwortet hatte und praktisch der abwehrende Refleximpuls des Totfotographierens, der mich sofort ein Foto machen ließ. Ich steckte die Kamera wieder in die Hosentasche, ich war noch weit genug weg, hatte es auch kurz erwogen, einfach weiterzugehen, um der Peinlichkeit und dem Stress aus dem Weg zu gehen, den Kontakt zu meiden, umzukehren, abzubiegen, nicht hinzugehen jedenfalls, und diese Erwägung dann aber unschön wimpy und abgedroschen gefunden, hatte durchgeatmet und den mich so ängstigenden Kiepenheuerstehtisch dort in der Ferne am Ende dieses Gangs angesteuert. Sie wussten nicht, dass ich kam, aber ich wusste, dass ich gleich da sein würde, das fand ich schlecht, ich würde sie erschrecken, und versuchte deshalb schon von ferne zu winken und sie so auf mich aufmerksam zu machen, aber sie waren sehr im Gespräch und bemerkten mich nicht. Das Problem war hier, wie so oft, die Begeisterung für das erste Buch, insofern lag die Sache mit Christian Kracht für mich ähnlich wie mit Maxim Biller. Es muss ja immer mal wieder zwischendurch gesagt werden, von mir etwa alle neun bis elf Jahre einmal, wie wenig gut man ist darin als Bücherschreiber, die Bücher anderer Schreiber, gerade wenn sie Substanz haben, wirklich an sich heranzulassen. Geht fast nicht. Man muss in einem irren Wahn leben, um selber Bücher schreiben zu können, alles was je von Bücherschreibern über andere, die Bücher schreiben, gesagt wurde, ist in einem schon grotesken Ausmaß absoluter Unsinn, und trotzdem kann man selber nicht damit aufhören, lesend in den Büchern der anderen nach Resonanz zu suchen, nach Irrweg, Theorie, Poetologie, nach einem Verstehen der eigenen Ideale von dem, was man selber würde gerne machen wollen, was man selber, im Unterschied zum anderen, ist, könnte, vielleicht kann, versuchen sollte oder unbedingt vermeiden müsste usw. Und trotz all dieser Hürden passiert es also alle paar Jahre einmal, dass ein Buch, das aus Nähe kommt, bei einem wirklich einschlägt und eine irrsinnige Begeisterung auslöst, weil man irgendwie, wahrscheinlich auch wieder größtenteils irrigerweise, in diesem Buch Dinge und Probleme, die einen selbst beschäftigt hatten, auf perfekte Art gelöst sieht. Faserland lesen und wissen, so gehts. Für immer. Lustigerweise kannte ich den Fänger im Roggen, von dem im Zusammenhang mit Faserland immer die Rede gewesen war, selber nicht, hatte ich nie gelesen, hatte ich von meiner Schwester vor hundert Jahren mal geschenkt bekommen, aber sie hatte mir auch Krabat von Preissler oder Prissler und alles mögliche andere geschenkt, ich hatte ihren Leseempfehlungen, die eigentlich, ihrer insgeheim auch sehr herrischen Art entsprechend, Lesebefehle gewesen waren, nie folgen können, dann hatte ich irgendwann in das Buch reingeschaut, nach Faserland, und nur gedacht, das ist ja wie Faserland, bloß Faserland ist 60 Jahre besser, jünger, wahrer, kränker usw. Und dann soll nach so einem Buch ein nächstes kommen. Es geht nicht, Salinger hat recht, es gibt einen von der Perfektion vorgebrachten Aufhörimperativ, ich hatte selber die Aufhörer unter den Schreibern früher extremstens verachtet, Büchner ist ein Loser, so schön alles von ihm ist, Goethe ist besser, kaputt gehen und das bezeugen, Benn hat zu wenig geschrieben und Klaus Mann nur Kitsch, Rilke ist eine Nutte, macht nichts, es gibt ja Celan etc, und deshalb gab es also mit dem Aufhörimperativ auch die naturrechtlich gegebene Pflicht, sich dem zu widersetzen und weiterzumachen, halleluja Peter Handke. Später werde ich über das alles Genaueres schreiben. Das ist der Inbegriffssatz der Literatur, die Ankündigung, die sich im Aussprechen schon erfüllt hat, weil sie das Gesagte in den Offenheitsraum der Erwartung von allem nur möglichen noch Kommenden, vorallem aber natürlich des Genaueren, das noch kommen wird, hinaus freigibt, das gibt einen unglaublichen Wind, das kann man nur schreiben, wenn man es in dem Moment, wo man es schreibt, selber wirklich glaubt, und gütige Schöpfergeschicke mögen einen davor bewahren, dass diese Sehnsucht nach mehr und Genauerem später irgendwann einmal wirklich Wahrheit und neuer eigener Text wird, das wäre furchtbar, das ist das Problem allen Weiterschreibens, dass man jede vorherige Richtigkeit mit der nächsten Äußerung in Frage stellt, gefährdet, eventuell auch wirklich zerstört, und dieses RISIKO, dachte ich im Hingehen auf den da in Ferne am Kiepenheuerstehtisch stehenden Christian Kracht, hat Christian Kracht mit seinem neuen Fantasyroman, den ellenlangen Titel hatte ich jetzt schon wieder vergessen, Licht und Schatten und noch ganz viel mehr, ein Songtextzitat, das in Englisch, ich hatte es im Internet nachgelesen, sehr gut geklungen hatte, 'tis I'll be there in sunshine or in shadow, in

Deutsch war der Titel eine ausgedachte Holprigkeit geblieben, ich wette, dass Helge Malchow dem Christian Kracht ein paar Vorschläge gemacht hat, wie man das Buch alternativ und eventuell besser benennen hätte können, aber es war dabei geblieben, *Ich werde hier sein im Sonnenschein und im Schatten,* wirklich bewusst gesucht und riskiert, allein das war schon toll, weil man ohne dieses Riskieren der retrograden Zerstörung der früheren Sachen durch die neuen gleich daheim im Bett oder auch schon noch endgültiger im Grab des Todes liegen bleiben kann. Aber mehr noch als diese, gleich wie fundamentale, Äußerlichkeit der Bereitschaft zum Risiko, das ist ja zugleich auch eine ziemliche Banalität, eine fast schon unvermeidliche Künstlerbanalität, jede Yvonne Catterfeld hat sich ja auch für jedes neue sogenannte Album mit Inbrust völlig neu erfunden usw, war Christians Nervosität faszinierend gewesen oder mir wenigstens erschienen, mit der er den Überdruss an direkt und allzu banal nach der Wirklichkeit greifenden Schreibversuchen, der sich mit dem extremen Wirklichkeitsüberdruck aus der Wirklichkeit selbst auf die unter diesem Druck und Diktat unentrinnbar lebenden, in dieses Diktat der Wirklichkeit real hineinverknasteten Menschen im Lauf der Nullerjahre immer deutlicher herausentwickelt hatte, gespürt hatte, aufgenommen hatte, und in sich dann in ein absolut erstaunliches und schlüssiges Antipopkonzept sich umverwandeln hatte lassen. Drei Jahre, hatte er in einem Interview erzählt, hätte er an dem neuen Buch geschrieben, das hatte ich zunächst so lächerlich gefunden, aber in Wirklichkeit hatte er natürlich nicht an seiner Prosa da jetzt plötzlich irgendwie rumzufeilen und zu polieren und schön zu schreiben angefangen, das Buch war real sichtlich in etwa 14-18 Tagen niedergeschrieben worden, aber der Entwurf der Welt, in der das Buch spielt, hatte die echte Crazyness und Energie, gerade auch in der KÜRZE, zu der er sich entschieden und auf die herunter er diese verrückt ausgedachte Welt für das Buch und in das Buch hinein zusammengeprügelt hatte, der verrückten, echten, künstlerischen Tat. Mir hatte das Buch nicht gefallen, das heißt, ich hatte es nicht lesen können. Ich hatte schon auf der ersten Seite eine solche Wut gekriegt über den manipulativen Stress, der mich da sprachlich, verbal, sound- und bildmäßig in diese kriegerische Schmutz- und Bodenwelt zwingen wollte, Nacht Artilleriefeuer still, Hund Flöhe Haut, Laken Kissen Menschentalg, dass ich bei dem Geruch von Menschentalg, der mir im Moment des Lesens auch noch wie eine schon einmal von Christian irgendwo, vielleicht am Ende von 1979, verbratene Ekelobsession von ihm vorkam, keine Ahnung, ob das stimmt, das Buch an eben dieser Stelle schon, auf Zeile 9 der ersten Seite Text, zugemacht und als für mich erledigt empfunden hatte. Aber wie Bernhards Preise und Rothmanns ALINA war ja auch Christians Sonnenschein in diesem Herbst 2008 in der Faz als Vorabdruck abgedruckt worden, täglich war da also ein kleines Textstück zu lesen gewesen, wie das der Vorabdruck so an sich hat, ein spezieller Härtetest für Texte übrigens, bei Ralf Rothmanns ALINA war der Vorabdruck für das Buch die ideale Weise der Erstpräsentation, ALINA war für mich zuletzt überhaupt das Buch des Jahres gewesen, und so hatte ich durch den Faz-Vorabdruck auch aus Christian Krachts Sonnenschein immer wieder einzelne Szenen, Bilder, Eindrücke und Dialoge mitbekommen, und das extrem Visuelle und Suggestive, das Christian Krachts Schreiben an sich hat, der berühmte Film in Worten, hatten mich, sozusagen wider Willen, gegen meine Erstabstoßungsreaktion wirklich doch immer wieder in den Text und zuletzt sogar in die verrückte Geschichte hineingezogen, und immer wieder musste ich zu den Fahnen gehen, die Kiepenheuer mir geschickt hatte, und im Vorgriff passagenweise nachlesen, wie die Geschichte weiterging. In der Sprache allerdings hatte das futuristisch reaktionäre Revolutionsszenario, das Christian Kracht sich ja nicht ausgedacht, sondern in einer Visionssekunde eingegeben bekommen und erstaunlicherweise auch aufgefasst hatte, ebenso wie in der Ausentwicklung der Szenen auf den Schluss zu hin deutlich seine Schwächen, das war bei 1979 ähnlich gewesen, da war der Anfang noch aus einer faserlandhaften Gestik heraus erzählt, zeitentsprechend eingedüstert, es war gerade 9/11, aber je märchenhafter die Handlung gegen Schluss zu geworden war, umso lascher und banaler visionär war mir das Buch vorgekommen, so auch hier, nach dem Showdown kommt die Liebe, irgendein Kitsch, je härter und weiter ausgreifend man loslegt, umso schwieriger ist es, irgendwie zum Schluss zu kommen. Die Kitschstellen mit der Liebe und der Frau und dem Glück hatte es in Faserland ja auch schon gegeben, da waren das Anrufungen von medialem Trashpop, das hatte funktioniert, jetzt sollte man in 1979 die Abgründigkeit eines totalitären Umerziehungslagers ernst nehmen oder hier im Sonnenschein eine zarte Blümchenwiesenweite richtung Genua. Vielleicht müsste man die bösen Träume einfach enden lassen, abreißen lassen, ohne sie auszubuchstabieren, aber der Schreiber selber ist davon vielleicht überfordert, angemessen krass Schluss zu machen, dachte ich, als ich jetzt in das komplett entsetzte Gesicht von Christian Kracht, der mich tatsächlich erst im Augenblick meiner Begrüßung gesehen hatte, schaute. Ich entschuldigte mich. Das Entsetzen bei allen Beteiligten war leider ja wirklich das denkbar größte. Wir hatten uns zuletzt ein paar Wochen zuvor im Literarischen

Colloquium in Berlin gesehen, wo Christian Kracht eine Lesung nicht veranstaltet, sondern zelebriert hatte, er hatte seinen Sonnenscheintext in maximal heruntergedimmter Dämonieleisigkeit gelesen, der alte Krachttrick, der früher so gut gepasst hatte, solange seine Texte selber die Widerlegung der Dämonie gewesen waren, jetzt aber eine sehr auf Effekt kalkulierte Verdoppelung des Textes ergeben hatte. So war es gekommen, dass an bestimmten Stellen, wo der Sprachirrsinn besonders crazy altbacken oder comic-haft war, die Freude an der Verwendung dieses Kriegsvokabulars aus dem 1. Weltkrieg war eindeutig der eigentliche Nukleus der ganzen Geschichte, außer mir aber kaum einer im Rund des Publikums mit Lachen reagiert hatte, dies hatte ich nach der Lesung, wie ich Christian kurz begrüßt hatte, zu ihm auch gesagt, die Leute hätten sich nicht zu lachen getraut, weil er so überernst gelesen hatte, und ein Text, der im Publikum kein Lachen hervorruft, hat ein Problem, meistens das, dass er Mist ist. Zur Lesung an dem Abend war ich auch nur deshalb an den Wannsee hinausgefahren, weil eine Diskussion mit Christian Kracht angekündigt gewesen war, und das hatte mich wirklich interessiert, wie Christian auf einer sekundären Metaebene über dieses verrückte Buch würde sprechen wollen, ohne es dabei zu verraten. Wahrscheinlich ginge das gar nicht, und wahrscheinlich hatte Christian das auch wieder genau gespürt und die Diskussion deshalb einfach abgesagt, und Volker Weidermann hatte einen etwas länglichen Einführungsvortrag, die Hälfte auch noch nur übernommen aus seiner kurzen Geschichte des Literaturjahrtausends, gehalten, dann hatte Christian Kracht seine dämonische Flüsterlesung abgehalten, und dann wars das gewesen, schlecht, schade, falsch, dem Buch aber komplett entsprechend. Danach hatte ich Helge Malchow und Volker Weidermann, wir standen an der Holzbar in einem kleinen Nebenraum des Colloquiums, hocherregt erklärt, warum das Buch ganz falsch und furchtbar verfehlt wäre, Claudius Seidl spendierte mir eine Fassbrause, die hatte ich getrunken, und dann bretterte ich mit dem Auto wieder zurück in die Stadt, extremstens und schönstens von dem Ganzen animiert. Kontakt wird schwierig, und das spiegelte sich jetzt überdeutlich in diesen Sekundenbruchteilen am Kiepenheuerstehtisch, wenn man die Sachen des anderen nicht gut findet. Auch von daher gibt es eine extrem kraftvolle Drift, möglichst alles derer gut zu finden, mit denen man real öfter zu tun hat. Und normalerweise wird das Urteil völlig ausgesetzt, wenn man sich sehr oft oder dauernd sieht, dann geht es sowieso um andere Sachen, nicht um das Gemachte. Wenn man sich aber erst über das Gemachte kennengelernt, eventuell sogar etwas angefreundet hatte, dann kommt mit den Jahren die vielleicht schwierigste Aufgabenstellung, die das Sozialleben vergibt, auf einen zu, mit jedem Produkt, das neu kommt, stresst der Produzierende nicht nur die Welt an sich, selig die Toten, die auch deshalb so geliebt werden, weil dieser Stress der Fortsetzung an sein Ende gekommen ist, sondern vor allem auch die nähere und weitere Umgebung, die sich gezwungen sieht, damit zurecht zu kommen und das Neue ins alte Bild des Gegenüber einzubauen. Und weil Kunst leider enttäuschen muss, gehört ein dauerndes sich gegenseitig Enttäuschen auf eine fürchterlich stressige Art zur Freundschaft zwischen Künstlern und Schriftstellern leider mit dazu. Irgendwann in der Faserlandzeit hatte ich den Christian Kracht in einer Bar in Hamburg gesehen und mich gewundert, wie extrem abweisend er zu mir gewesen war, aber Moritz von Uslar, der Christian von Tempo her gut kannte, hatte mir gesagt, dass Christian mich hassen würde, und sofort war ich ganz auf seiner, Christians, Seite, weil mir das völlig einleuchtend war, was für einen Stress eine Figur wie ich auf einen solchen hochgradigen Spinner, Nervösor, Gestörten und Meister zugleich seines Metiers, des literarischen Schreibens, leider ausüben musste, da konnten wir beide persönlich sozusagen nichts dafür, das war ein Krieg unserer Werke gegeneinander, das musste so sein, und umso erstaunter war ich ein paar Jahre später gewesen, als Christian Kracht alle damals relevanten jungen Schreiber aus der Popecke um sich versammelte, quasi im Schwung der aktuellen Stimmung die Romantikerbewegung des ausgehenden, fin-de-siècle-haft hysterisch aufgedrehten 20. Jahrhunderts aus dem Berliner Boden stampfte, dass er mich auch gefragt hatte, mitzumachen und dabei zu sein bei dem von ihm herausgegebenen Band Mesopotamia. Ich finde Ablehnung und Krieg wunderbar, Streit, Distanz, alles herrlich, aber natürlich ist das Gegenteil tausendmal schöner, und die verschiedenen Romantikertreffen im Umfeld der Jahrtausendwende, Let it rock I und II, Freunde I und Freunde II, Moritz' 30. Geburtstag in Sophienreuth etc, waren die schönste Art Vorgriff auf Utopia und Paradiesien gewesen, wo aus der Direktheit der Herzlichkeit aller beteiligten Einzelspinner heraus alle anderen Qualen des Sozialen zum Verschwinden gebracht worden waren, für einen kurzen Augenblick, die Weltsekunde Glück natürlich nur. Dann spannte Schlegel dem Eichendorff die vierte Frau oder den ersten Heine aus, Wackenroder hatte mit Novalis eine Sonderstellung ausprobiert, Hoffmann Lottmann eingespannt, Nietzsche Thomas Mann zerstört etc, und es wurde schwierig, klar, aber in diesem Augenblick hatte Christian Kracht sich schon gefangen und seinen ersten Hyperschreck unter Kontrolle gebracht, und er hatte mir, quer über den Stehtisch, auf dem ein Packen Bücher lag, hinweg seine Hand gereicht und mich mit asiatisch undurchdringlicher Freundlichkeitsmiene begrüßt. Dann hatten Helge und ich uns umarmt, ich hatte Christians Frau Frauke meine Hand gegeben und war dann sofort, mich in Entschuldigungen ergießend und ergehend, davongeeilt, naja, gestolpert mehr, weil ich so verwirrt war, dass ich noch nicht einmal ganz gerade gehen konnte. Halleluja, Jesus Christ, meine Güte, was war denn das jetzt eigentlich gewesen? In die sich aus dieser Erstverwirrung heraus ergebende BETRÜBNIS hinein hatte ich im Weitergehen, ich weiß gar nicht mehr, von wo nach wohin ich dabei kam oder gekommen war, den sofort auch in die Tat umgesetzten Entschluss gefasst, die Buchmesse auf der Stelle zu verlassen und zu den Bildern einer Ausstellung von Peter Doig in der Kunsthalle Schirn zu fahren, um dort vielleicht darüber Klarheit zu gewinnen, was fundamental geändert werden muss in meinem Leben.

2. Suizidvorbereitungsgang

»die Lücke die wir hinterlassen
ersetzt uns vollkommmen«

HEIDI PARIS

XI. NOVEMBER

Im Kampf gegen die Fehler und Schwächen der Hochmoderne, Hochkultur und Hochliteratur; abgeschafft, weggesoftet, niedergesoapt; nahm einen Stock und haute auf das Wasser, der Schlamm spritzte hoch, mir auch ins Gesicht; die Ichidee ist ursprünglich ein Wirideal, das macht sie so gut geeignet anfangs für alles.

JUNGE TRINKER
Suchtberatung

hier leben: 20 buddhistische Mönche
und 10 Nutten ä; Novizen

Die Erwachsenen, die Angestellten, die Angst, die Konventionen, das Gesagte und seine Vernünftigkeiten; wäre es denn darstellbar?, der Unsinn; zerschmettert, zerschnitten, verworfen.

#

Das emanzipative politische Projekt, die radikale Position, ohne Selbstbezeichnung; Wahrheitsfragen von der

Art: wie passt das Gesagte und Geforderte zu dem Gelebten.

Finsternis: Wirtschaft
Finsternis: Computer
Finsternis: Boulevard
Finsternis: Bürgerlichkeitsbullshit
Finsternis: Parteikadergebell

Finsternis: Romanversuch
Finsternis: Notatbergwerk

Finsternis: Denkseriosität
Finsternis: Ichverhärtung
Finsternis: Weltabscheu
Finsternis: die Zeiten

Ein richtig losgelaberter Text würde seine, dass man aber dann, ohne sich dabei zu unter; Finsternis: Steuer, Erwachsenenleben, Verantwortung, Einsicht, Vernunft; ENDHÖLLE.

#

Ekkyklema; kleine Bühne: Buhne; Runge: Bösewicht; irgendetwas wird weitergehen, alles wird noch schrecklicher sein, das Kaputte wird zusammenbrechen, und die Traurigen werden noch kaputter und trauriger sein. Wann?

Beichte: WRONG
68: WRONG

WRONG

wrong wrong wrong wrong

I was born with the wrong sign
in the wrong house
in the wrong place
at the wrong time

there's something wrong
with me: chemically
something wrong with me: inherently
the wrong mix in the wrong genes

wrong wrong

I was born on the wrong page
of the wrong book
wrong wrong too long
too long wrong wrong too long

WRONG

#

Auch Zwerge können Hocker besteigen; Glaube, Liebe, Hoffnung, Aids; Armut ist undemokratisch; Hetze gegen ältere Frauen; ins Königreich der Nacht.

Kohärenzsepp
Blödelsepp
Argumentlarry

Warum gibt es diese Bücher?, warum gibt es diese Bild?; tränenüberströmt rauchte der Grill; die Bauarbeiter saßen auf den Brettern, sie waren zu fünft; es war Freitagmittag, gleich war Feierabend; jetzt setzte der Regen ein; das Laub verfaulte, der Sturm fauchte durch die Papiere, die älteste Antwort: because.

#

Grundsätzlich gelte: plausible Szenarien, verwickelte Worte, wahrscheinlicher Hass, Geschichte eines Ungeheuers.

DER SHERPA
DER SEHER

Krieg der Welten. Risikomanagement

es is n Phänomen
wozu ich keine Antwort habe

#

Orden: die Probleme, die es intern gibt, dringen nicht nach außen; diese Idee ist alt und auch nicht schlecht.

Kein Kommentar. Roman
fällt leider aus. tagesgedichte
Terror der Waren. Traktat
Desinteresse und Generation. Kritik der Popkultur

Leergut-Rücknahme. Trittin, der KONSUMENT

#

7 letzte Lätzchen

Bauch: tot
Seele: tot
Hirn: tot

wann?

Knie: dumm
Haar: weh
Nagel: krumm

1 alter Kamm

#

cover my eyes

when I see you walk in with her
I have to cover my eyes
cover my eyes
every time you leave with her
something inside me dies, inside me dies

#

vom Himmel

bleibt also nur zu sagen
dass die Bewegung abwechselnd schneller
und langsamer wird

aber dies ist völlig unsinnig und phantastisch

dass es also nur einen Himmel gibt
unentstanden und ewig und gleichmäßig bewegt

sei soweit festgestellt

#

Extremismus der Wahrheit; Geist will aber nicht insistieren, sondern federn; Antiobsessivität des Schönen.

Netto
Edeka
Rewe
Aldi und Lidl

mit Sonderangeboten zu ATTACKIEREN

Staat und Souveränität
Stand und Klasse
Terror, Terrorismus, Utopie

Toleranz und Tradition
Tyrannis, Despotie
Verfassung I, Verfassung II

entstammen seiner Feder

Jenseits des Aktenkoffers: Mark Siemons
Frisch verliebt: Veronica Ferres

#

Wahrheitsfragen. Register

– von Realität gedeckte Aussagen
– selber nur geglaubte Aussagen
– von beabsichtigten Wirkungen gedeckte Aussagen

– mit direkter Täuschungsabsicht, zum eigenen Vorteil gemachte Aussagen
– mit dem Ziel, andere zu schädigen, gemachte, absichtlich wahrheitswidrige Aussagen
– mit der Freude am Spielerischen, mit Wissen aller, dass alles gelogen ist, gemachte lügnerische Aussagen
– per Macht entschiedene, die Wahrheitsfrage aussetzende Aussagen: wenn ich das so sage, ist das auch wahr

über gesperrte Prachtstraßen
dann zurück ins Zentrum

Man lehnt nicht Gedanken ab, sondern Menschen, die ihre Ideen, zu sein und zu denken, bejahen, anstatt; es gibt keinen falschen Gedanken, solange er sich bewegt, und andere ältere Lieder.

mit durchweg schädlichen Neigungen

#

Stadtbrache (1991-2003)

Gräser
Steine
wilde Blumen

wann?

Milchstern
Labkraut
Mädesüß

kann

Bäume
Erde
Sand

Am Morgen war mir schlecht. Bald könnte ich anders verbleiben dürfen. Vielleicht nehme ich die Bahn.

#

V. Ausblick

Unter Naturrecht versteht man gemeinhin das System rechtlicher Normen, die für alle Menschen als Vernunftwesen, auch ohne und im Konfliktfall sogar gegen alle positiven, insbesondere staatlichen Gesetze und Weisungen, überall und jederzeit verbindlich sind.

IX. SEPTEMBER

Am nächsten Tag, Sprung zurück, war ich von Köln nach Frankfurt zurückgefahren, Haider lebte noch, Szene spielt paar Wochen früher im September, ich hatte den Zug genommen, morgens in der Früh, die PESSIMISSIMA ABSTRACTA aus Cosima von Bonins Ausstellung vom Abend zuvor, die Vorstellung, dass auf die Frage, wie wir denn zusammen leben würden wollen, leise Seidenbilder Antworten versuchen könnten, Mayo Thompsons Red Crayola hatte gespielt, e-moll, a, C7, G-Dur, ah!, ja!, und jetzt saß ich also im Speiswagen, mit den Sonntagszeitungen vor mir, herrliche Dunstreise durch Tunnel, Nebel, Berge, Hügel und Ketten von Hügeln im Dunst, es war ein deutscher Sonntag Ende September, in Frankfurt wurde der Unseld-Preis 2008 bei absolutem Siegfried-Unseld-Wetter an Friedrich Wilhelm Schlegel, nee, Moment, muss ich gucken, Bruno Latour, Schelling, der große Philosoph, Nietzsche, Balde, Dick und Dünn, und schon vorbei, und dann standen wir in der Mittagssonne dieses unbeschreiblich leuchtenden Herbsttages auf der Terrasse der Poelzig-Anlage und blinzelten in die Sonne und redeten.

Weiter dann nach München, im Haus Goljadkin sollten die Jean-Améry-Festspiele für eine Kurz-OP unterbrochen werden, diesmal hatte ich das Schild VERSTEHENDE SPEKULATION bei der Fahrt auf die Stirn genagelt, hinten am Hinterkopf hing der Zettel AUFSCHIEBENDE EXPLIKATION, die Leute um mich herum telefonierten, ich selber war am Lesen, Ina Hartwig über Proust in Volltext. Werner Herzog hatte Christian Enzensberger eine Waffe an die Schläfe gehalten, Vom Gehen im Eis, Größerer Versuch über den Schmutz.

Und zurück, zurückbleiben bitte, Türen schließen SELBSTTÄTIG, wer selber ohne Krise sei, der werfe ruhig schon mal den ersten Stein, das elegante ältere Ehepaar, Grunewaldbewohner, hatte am Vierertisch schräg gegenüber sich gerade hingesetzt, da kamen die Weddinger, zwei Frauen, zwei Kinder, die die Plätze reserviert hatten, Grunewald musste weichen, die jüngere Frau hatte ihren Schlüssel an einem langen weißrot bunten Halsband von KINDERSCHOKOLADE hängen, der Schlüsselbund klimperte ihr vielschlüsselig im Schoß, das Telefon läutete, ihr Mann war dran, sie gab das Handy an das ältere der beiden Kinder weiter, das freudig in den Hörer lauschte und nichts sagte.

Post von Jens Balzer war im Briefkasten, die Berliner Zeitung vom vergangenen Mittwoch, erst am Tag danach hatte ich es im Perlentaucher gelesen, hatte ihren Stasi-Abschluss-Bericht in der Zeitung veröffentlicht, und wie ich den Jens Balzer in der 3-Bar getroffen hatte, hatte ich ihn gebeten, ob er mir die Zeitung eventuell als echtes Papier zuschicken könnte, er sagte es zu, dann waren Ralf Niemczyk und Sebastian Zabel zur 3-Bar-Türe hereingetrubelt gekommen, in Fußballerstimmung, Herta hatte gegen Köln gespielt, der berühmte Pantelic in letzter Sekunde noch ein Tor geschossen, 2-1 für Herta, die Kölner waren in Aufruhr, fast so wie meine Regale daheim.

In den folgenden Tagen spielte das Wort ANGEKOTZT in allen Varianten eine größere Rolle, Strickjackenkonspirationismus, Herz aus Stahl, Sühnelied für einen Jungfrauenchor, ethisch abgebranntes Terrain usw. Westphal: Zuhälter. Debatte wird auch beschädigt vom –

Arschloch, Arschloch, Arschloch, Depp
Trottel, Arschloch, Blödmann, Arsch
Blödmann, Trottel, Arschloch, Depp
Arschloch, Volldepp, Blödmann, Trottel

trotzdem muss aber ein seelenforscherisches Element als Kraft nach; sind aber nicht geneigt, selber dafür zu; Nervosität, Natur, Moderne; reaktionäre Romantik der heilen Familie usw; niedermachen ALLES.

Im Fachkrankenhaus für Neurologie und Psychiatrie HERZBERGE konnten schützenswerte Ideen zur Staatssicherheitsbekämpfung vorübergehend aufgenommen, inhaftiert und zur Nachbehandlung und Erholung eingewiesen werden. Moment, ich höre, die Mauer ist gefallen, südlich der Leninallee werden im Komplex Lichtenberg neue Glühbirnen zugewiesen und eingeschraubt, im gesamten Reichsgebiet Altdeutschlands gilt bis auf weiteres –

Dann war der Sommer vorbei, Wind: wie hattest du blühen wollen, Verrückte, im Stein?, unter den Bäumen am Straußberger Platz bei den neuen Taschen von Ayzit Bostan, die sieben großen »W« des Journalismus –

wer?
was?
wie?
wo?
wann?
warum?

an der Wand der Galerie im Hintergrund, hatte eine Zigarette in der Hand und rauchte, Skepsis ist Dummheit,

Qualitätsfragen: Register, und schwer und sanft ging ein spätsommerlicher Regen rauschend auf diese weit ausgreifenden Bäume nieder, vom Flußgott zum Sternbild, von der Nymphe zur Kuh, der und der ist in einen Schwamm verwandelt worden und sowieso lebt jetzt als Qualle usw, keinerlei letzte Verfügung, leises labern, Stimmung steigt, die Kurse stürzen, Lampe folgert:

sell, fool, sell sell
sell! sell! sell!

sell sell sell, fool
SELL SELL sell!

Danke, Börse, Blindflug durch die Welt, vielleicht Lawine, vielleicht Verrat, vielleicht erleichtert, Zustand leicht gerettet oder nur entlaubt; Pläne, Wind, Hysteriker und Argument; noch nicht, noch zu vertrieben, sinnlos, ausgerissen; besitze nicht, versuchte, achte, kenne nicht und höre nur, höre immer wieder: most of the time, most of the time; Nietzscheuntersuchung, Sandversand.

Ausblick: Ob man bewusst in der Unwahrheit bleiben könne, oder ob, wenn man dies müsse, dann nicht der Tod vorzuziehen sei?

VII. JULI

Auf Ehr oder Tod. Wie also soll verfahren werden mit dem Territorialkonflikt, wenn er sich ergibt? Frau und Apparatschik intrigieren, der Mann und Held sucht die offene Schlacht, auf Ehr oder Tod, beides ist verlustreich, lächerlich und beschämend. Die Intrige hat es auf Fouls angelegt, die unbeobachtbar, unabwehrbar und unbeweisbar sind. Wer sich beschwert, macht sich zum Deppen. Die Wahrnehmungen der Territorialaufmerksamkeit sind wie die der Geruchshysterie leicht bestreitbar und verbal nur schwer explizit zu kommunizieren. Deshalb ist die Thematisierung dieser animalisch vorgetönten Wahrnehmungen eigentlich verboten. Dem würde zwar die Kreatur noch widersprechen, nicht jedoch –

Sandsteine
Granitborde
Kuben gestapelt

so dass in den RITZEN
ein Lebensraum für eine Vielzahl
von Tieren entstanden ist

#

Adnoten und Regesten

Unruhe, Sorge
Ruhezwang, Hast

Wie ist es mit der Aufregung, der Unberührbarkeit?

Brücke, Birke, Prügel, Rabe

Orte des Verbrechens
ja, ich weiß

#

INTIMIMITAT

zu Lebzeiten veröffentlichte Texte
Texte aus dem Nachlass

prosaisches Yoga
provisorisches Yoga
Schwitzyoga, Sitzyoga
Sexyoga

interimistisches Intimyoga
und andere Kerzen

notierte zu Luhmann; Fotos; im Schlafzimmer weht der Sonnenvorhang im Wind, zugezogen, lichtbeschienen, weht als Inbild eines Sommertages; Summen einer dicken Fliege, die ich höre, ohne sie zu sehen. Idee, Skepsis, Wissenschaft.

#

Deus caritas est
Wut, Rache, Irrtümer

reden wie ein Automat
reden wie ein Automat

Platon: Hysteriker
Sokrates: Weiser

Aristoteles: Hegel
Hegel: Luhmann
Luhmann: Kant

fortzusetzen
fortzusetzen

Effizienzbürokrat

Im Moment der Explosivität erfährt er, dass er an einer Wahrheit teilhat. Schleef, Droge.

#

Staat und Revolution

Otto von Bismarck, Gedanken und Erinnerungen
Arthur Rimbaud, Une Saison en Enfer

Niklas Luhmann, Soziale Systeme
Stefan Aust, Der Baader-Meinhof-Komplex
Diedrich Diederichsen, Eigenblutdoping

mein Lenin heißt Proust
mein Stalin Adorno

Und er hat an Habermas gesehen, wohin zu viel Ethik führt, Habermas umgekehrt an sich, wohin zu viel Diskursmachtstreben führt, dagegen dann seine Herrschaftsfreiheitsidee entwickelt, die ihm, Luhmann, wiederum als zu idealistisch erschienen war, er wollte härteren Stoff, klareren, und wusste, dass er ihn sich selber schnitzen, destillieren, schreiben musste.

#

Ja, ich bin ein seltsames Wesen
Tagebücher 1825-1875
von Hans-Christian Andersen

D.T. Max, The Unfinished
D.F. Wallace, The Depressed Person
D.F. Wallace, The Pale King

Wolfgang Max Faust, Dies alles gibt es also
Brian McGuinness, Der Löwe spricht ... und wir können ihn nicht verstehen
Keith Haring, Journals, 1977-1989
Andy Warhol, Popism, The Warhol 60s

Julien Green, Der Verbannte, Tagebücher 1984-1990
Julien Green, Warum bin ich Ich?, 1993-1996
Jean-Eric Green, Letzte Tage, Juli 1998

Ludwig Wittgenstein, Geheime Tagebücher 1914-1916
Ludwig Wittgenstein, Denkbewegungen, 1930-1932
Ludwig Wittgenstein, Denkbewegungen, 1936-1937

Brian McGuinness, Wittgensteins frühe Jahre
Gerhard Richter, Text

ich hoffe und fürchte
der Grabstein
ist schon gemeißelt

#

Sachlich. Es ist natürlich auch das Menschenrecht der

Bauarbeiter, dass auf der Baustelle das Radio läuft, es muss laufen, dauernd, auch sehr laut, es muss die Gutgelauntheit der Schreimoderatoren den Spirit hochpimpen, die Fron der Arbeit muss sich weniger erzwungen anfühlen dürfen, weil dem Geist dabei erlaubt ist, wie sonst auch ununterbrochen, im Auto, in der U-Bahn, daheim sowieso, woanders zu sein als der Körper, der, irgendeinem Diktat ja nur folgend, dort gerade ist, wo er ist, und davon möglichst wenig wissen will, von der Umgebung, den Geräuschen in ihr, den Gedanken etwa gar, die aus ihr auf einen zudrängen könnten, wenn nicht die Dominanz der Sendung der Unterhaltungsindustrie, die die Bewusstseine komplett und erfolgreich kolonialisiert hat, so sehr, dass ihr Knast als Reich einer letzten Freiheit und Individualität erlebt wird, als der permanente Außenraum gestellt würde, wohin der Geist vom Körper weg nach freien, unvorgeschriebenen Arten und Weisen fort entschwinden könnte, wenn er will, und deshalb dauernd, frei ganz für sich selbst, nirwanaartig aufgelöst verschwinden kann. Dieses Entschwinden des Geistes aus dem Körper wird als Glück erlebt. Sie nannten es Flow. Heute wird der Boden der 7. Etage gegossen.

Das Hauptproblem aller nur rationalen Weltzugänge: man kriegt zu wenige Aspekte gleichzeitig zu fassen, und dieses Orientierende, der gefühlsmäßige Überblick, die Ansicht des Ganzen in ihrer Irgendwiehaftigkeit kann durch keine Schärfe der Analyse im Einzelnen usw.

Hacks hat in seinem späten Buch über die Romantik gegen die Romantiker vorgetragen, dass sie ja doch auch vorallem durch die Drogen zu ihren Hysterieresultaten gekommen wären, England usw. Man könnte gerade darin aber, im Gebrauch und Missbrauch von Substanzen, das Allgemeine der Gefährlichkeit der frühen Romantikerhysterie sehen und es auch BETRAUERN, dass diese Hysterie aus den herrlichsten, verrücktesten Anfängen die von ihr Erfassten so oft und mehr oder weniger rückstandslos in ein reaktionäres Spießertum irgendwelcher Apparatschikexistenzen in den späteren Jahren geführt hat, Kleist und Novalis natürlich nicht, aber eben auch, und dass Hacks das übersieht, ist wirklich erstaunlich, Goethe nicht, Goethe war natürlich auch, wie der frühe Hacks eventuell ja sogar auch, weiß ich nicht, der Wechsel von München in die DDR deutet jedenfalls ziemlich darauf hin, wie jeder normale frühe Mensch, Selbstverständlichkeitsromantiker, Natürlichkeitsromantiker, Biologiebeglückter usw, geht gar nicht anders, Romantikertum und Hysterie, Drogen und Ekstase sind die Göttergaben für die frühen Jahre, und das ist die Frage, ob und wie man es aushält, wenn beides weg ist. Das wird in jedem Leben, nicht nur im Künstlerleben, experimentell ermittelt, was daraus dann real an Ergebnis, Werk, Charakter, Lebenspraxis folgt.

3. Theologisches Konvikt

Ich war Mönch, ich war mit einer Minimalproblematik der ersten Enzyklika befasst, ich war alt, der Wunsch zu sterben war eine Natürlichkeit, die kam und ging, je nach Blutdruck und Spiritualitätsaktivität des Geistes in mir. Beim Packen meiner Unterlagen für eine kleine sommerliche Reise nach Sils Maria ist mir vorhin ein Stück Papier in die Hand gekommen, durch das ich wieder einmal lebhaft an eine Geschichte denken musste, die mich früher stark beschäftigt hat. Ich hatte als junger Evikt im Umkreis der Freunde zum schmerzensreichen Blut, einer marianischen Reformgruppe jüngerer Jesuiten, bei deren einmal in der Woche, ich glaube am Donnerstagabend war das immer gewesen, stattfindenden Diskussionstreffen einen jungen Anwalt kennengelernt, Dr. Leopold Figal, das muss in den Jahren 49, 50, 51 gewesen sein, wir hatten uns angefreundet, ich hatte einige Jahre später, selbst gerade zum Priester geweiht, die Messe zu seiner Trauung zelebriert, seine Frau war auch promovierte Anwältin, die jetzt Frau Dr. Alina Figal hieß, Kinder wurden geboren, einige der Kinder hatte ich auch getauft, und dann war die Familie, wegen einer beruflichen Veränderung in der großen internationalen Wirtschaftskanzlei, wo Leopold inzwischen erfolgreicher Partner war, nach England gegangen, der Kontakt war bestehen geblieben, wir hatten manchmal telefoniert, uns regelmäßig geschrieben, ein philosophisch-theologisches Band war auf die Art zwischen uns immer verbindend gewesen, und dann kam Anfang des Jahres 72 die schreckliche Nachricht, dass Leopolds Frau, die offenbar schon lange an schweren Depressionen zu leiden hatte, was mir gar nicht bekannt gewesen war, sich im Haus der Familie mit Schlaftabletten das Leben genommen hatte. Die Kinder waren zu dem Zeitpunkt damals zwischen vier und vierzehn Jahre alt gewesen etwa, fünf Kinder hatte die Familie, die jetzt unversorgt waren, und sofort ging es folglich um ganz praktische Fragen, wir konnten hier vom Orden aus mögliche Kandidatinnen finden, die bereit gewesen wären, für einige Monate, am liebsten auch länger, als eine Art Haushälterin und Ersatzmutter in diese deutsche Rumpffamilie nach England zu gehen, um dort dem vollkommen aus der Bahn geworfenen Mann zur Seite zu stehen. Zur Beerdigung war ich selbst auch nach London gefahren, war danach noch einige Tage geblieben, wir hatten in den Nächten nach der Beerdigung in verschiedenen Konstellationen, im Kreis von Leopolds Geschwistern, von denen seiner verstorbenen Frau, von Freunden der Familie, viele Gespräche geführt, es ging natürlich darum, ob man, wenn man nur konsequent genug therapeutisch, das heißt auch medikamentös, interveniert hätte, die schreckliche Zuspitzung, zu der es möglicherweise auch noch durch verschiedene zusätzliche Missgeschicke im Einzelnen und Kleinen gekommen war, verhindern hätte können, oder ob die Autonomie und Eigendynamik der Krankheit von einer solchen Wucht und Gewalt gewesen war, dass es unweigerlich, wie man das leider auch aus sehr vielen Krankengeschichten kennt, zu dieser Tragödie quasi hatte kommen müssen. Vielleicht kann man sich das heute nicht mehr so gut vorstellen, dass auch in diesen, ganz besonders auch in England natürlich sehr bewegten, Jahren die Menschen, wenn ihnen dies zugänglich war, in einer solchen Situation im Glauben, aber vorallem konkret im Gebet einen Trost zumindest suchen konnten, manchmal vielleicht sogar Momente von Akzeptanz des Geschehenen finden. In einem Gespräch, das ich am letzten

Abend mit Leopold allein gehabt hatte, hatte ich von ihm erfahren, dass die junge Frau, Fanja Heinle, die als Freundin der Familie bei den meisten gemeinsamen Aktivitäten der vergangenen Tage dabei gewesen war, eben nicht nur einfach eine Freundin der Familie war, sondern vor einiger Zeit zur Geliebten von Leopold geworden war, zunächst heimlich, bald aber mit Wissen seiner Frau, und dass es nun also in äußerst bedrückender Weise für ihn die Frage sei, ob und in welchem Maß er durch dieses Liebesverhältnis schuldhaft zur Katastrophe beigetragen habe. Es war in den damaligen 60er und 70er Jahren, seit der Zeit der Enzyklika Humanae vitae, auch in eigentlich dem Glauben und der Kirche verpflichteten katholischen Kreisen die Problematik viel diskutiert worden, ob es mit der Expertise des Papstes in den Fragen der Sexualethik denn wirklich so weit her sein könne, dass man sich immer noch, ganz entgegen den überall spürbar werdenden Bestrebungen nach einer größeren Freiheit in diesen Dingen, nach den extrem konservativen, fast schon reaktionären Positionen der offiziellen Kirche, die von vielen ihrer Mitglieder und auch ihrer Priester in dieser Radikalität auch nicht genau so geteilt wurden, unbedingt also zu richten hätte, oder ob nicht doch ein tieferer, innerer, individuellerer Gewissensentscheid in diesen hochprivaten Dingen der Sexualität zu anderen Ergebnissen kommen könnte, ohne dass mit dieser einen Differenz zur offiziellen Kirche eine vollständige Trennung von der Kirche zugleich auch mitvollzogen, also quasi eine Selbstexkommunikation gegeben sei. Auch Leopold hatte, das wusste ich aus den Briefen, theoretisch sich gegen die Enzyklika ausgesprochen, mir jetzt auch nocheinmal erklärt, dass er im Faktum des Bruchs des Eheversprechens seiner Frau gegenüber, insbesondere seit er das Verhältnis zu der anderen seiner eigenen Frau nicht mehr verheimlichte, wegen der eindeutig bestehenden gleichzeitigen Liebe zu der anderen Frau, für sich noch keine Sünde habe sehen können, dass aber natürlich jetzt, durch Alinas Suizid, all diese Fragen in einer völlig neuen Dringlichkeit und Fraglichkeit für ihn sich aufgeworfen hätten, und er hatte dann die Situation aus der Nacht der Geschehnisse selbst berichtet, wie er spät nach Hause gekommen war, er hatte lange in der Kanzlei gearbeitet, war danach, wie an vielen Abenden in dieser letzten Zeit, zur Geliebten gefahren und erst gegen halb drei Uhr etwa nach Hause gekommen, die Frau habe geschlafen, wie sonst auch, nur durch einen Zufall hatte er auf ihrem Tisch neben dem Bett einen Beipackzettel für eines der Medikamente gesehen, die sie nehmen musste, hatte, davon beunruhigt, zu suchen angefangen und mehrere ganz oder fast geleerte Behältnisse für verschiedene Tabletten gefunden, jetzt auch bemerkt, dass ihr Schlaf wohl extrem tief gewesen sein muss, nahe an der Grenze zur Bewusstlosigkeit, regelmäßig geatmet, wenn auch sehr flach und selten, habe sie aber zu diesem Zeitpunkt eindeutig und auf jeden Fall noch, und in seiner Ungewissheit, wie er am besten zu verfahren habe und was jetzt zu tun sei, habe er die Geliebte angerufen, die auch kurz darauf gekommen war, und gemeinsam hatten sie dann beschlossen, die Ehefrau selbst mit dem Auto in die Klinik zu fahren, die Rettungssanitäter jetzt nicht hierher zu bestellen, dazu war zu wenig klar, ob ein Notfall eigentlich wirklich auch dringend vorlag, und sie hatten es ihr ersparen wollen, dass in der Nachbarschaft nach einem solchen Rettungseinsatz mit Notarzt etc irgendwie geredet worden wäre, im Nachhinein natürlich völliger Irrsinn, aber in der konkreten Situation wäre ihnen beiden im Gegenteil die Alternative überzogen und falsch erschienen. Sie hatten die Frau dann, mit Decken bedeckt, aus dem Schlafzimmer heruntergetragen und durch das untere Hinterzimmer in die Garage im Untergeschoss gebracht und dort ins Auto auf die Rückbank gelegt und seien sofort losgefahren. Was selten ist in London, es hatte schweren Schneefall in dieser Nacht. Sie waren schon unterwegs, als sie sich dazu entschieden hatten, nicht in das direkt in der Nachbarschaft gelegene St. Patrick's Hospital, sondern in die etwas außerhalb gelegene Rehaklinik zu fahren, wo die Ehefrau nach einem mehrwöchigen Aufenthalt in einer Psychiatrischen Klinik in Oxford im zurückliegenden Frühjahr gewesen war und sich, auch wegen der sehr guten begleitenden Betreuung dort, in diesen Wochen besonders wohl gefühlt hatte. Auch bei dieser Entscheidung, und am Schluss und im Nachhinein muss man fürchterlicherweise ja sagen, bei dieser tödlichen Fehlentscheidung, hatte die Erwägung eine Rolle gespielt, dass eine etwas größere Distanz zum direkten Lebensumkreis der ganzen Familie als im Fall von St. Patrick's für alle Beteiligten und vor allem auch für Leopolds Frau selbst die bestimmt zu bevorzugende Variante war. Unter den sehr schwierigen Verkehrsbedingungen dauerte die Fahrt nach Hampton, die normalerweise eine knappe Stunde gedauert hätte, fast zwei Stunden. Der Schnee hatte gar nicht mehr aufgehört zu fallen, die Autobahn war natürlich leer, es war inzwischen kurz vor vier, die Straßenfläche war gänzlich und überall zugeschneit, alle paar Kilometer stand irgendein Laster oder ein liegengebliebener PKW am Straßenrand, sie hatten natürlich auch immer wieder nach der Ehefrau geschaut, die hinten auf der Rückbank liegend geschlafen habe, aber viel sei nicht geredet worden auf der Fahrt. Im Krankenhaus wurde sofort das einschlägige Notfallprogramm für solche Fälle gestartet, Magenspülung, Entgiftung, Kohle, Infusionen, und es hätte ursprünglich auch zunächst ganz danach ausgesehen, dass sie alles richtig gemacht hätten, die Frau in den Stunden des nächsten oder höchstens übernächsten Tages erwachen und wieder zu sich kommen würde, sie würde dann dort in der Klinik auch gleich zur Erholung bleiben können usw, das war alles noch mit dem sehr angenehmen jungen Doktor in der Nachtaufnahme besprochen worden, und unbeschreiblich erleichtert, fast euphorisch natürlich seien sie dann in den frühen Morgenstunden zusammen zurück in die Stadt gefahren. Er habe die Geliebte noch zu ihrem Apartment gebracht und sei dann direkt, ohne nocheinmal zu ihr mit hochzukommen, zu sich nach Hause gefahren. Dort hätte er dann von den Kindern, die kurz zuvor aus der Klinik angerufen worden waren, die fürchterliche Nachricht mitgeteilt bekommen, dass die Frau, die zu dem Zeitpunkt ja auch noch unter intensivmedizinischer Überwachung gestanden hatte, aus bisher ungeklärten Gründen plötzlich verstorben sei. An der Art der Erzählung der Geschehnisse, wie der Freund sie mir hier berichtete, war deutlich zu spüren, wie sehr es ihm ein Anliegen war, seine innere Not, ob und in welchem Ausmaß ihn tatsächlich auch eine ganz reale Mitschuld am Tod seiner Frau treffe, mit jemandem zu teilen. Ich konnte ihm damals nicht gut raten, wie er mit dem Getanen und Unterlassenen gedanklich am besten umzugehen hätte, und sagte ihm das auch, auch trösten konnte ich ihn nicht. Es war etwas Schreckliches passiert, und an welcher Stelle genau welche Handlung dies verhindern hätte können, würde allerhöchstwahrscheinlich auf Erden, wie es so schön pluralisch heißt, nicht mehr aufzuklären sein. Später hatten die beiden, Leopold und Mrs. Heinle, geheiratet, selbst auch noch einmal zwei Kinder bekommen, es war eine eher schwierige Ehe geworden, und doch hatte Leopold, der ursprünglich selbst auch Priester hatte werden wollen, was ganz am Anfang unserer Freundschaft öfter ein Thema gewesen war, irgendwie Frieden mit seinem von Kindern, Enkeln und Urenkeln reich gesegneten Leben machen können, wie, weiß ich nicht. Die Vorstellungen, was eine gute Ehe sei und welche inneren Einstellungen und äußerlichen Verhaltensweisen der Ehepartner dazu in welcher Weise konkret würde beitragen können, haben sich allein in den Jahren, die ich überblicke, vielfach und oft radikal geändert. Auch die erwähnte Frage, ob denn die katholische Kirche, deren Priester ehelos leben, mit ihren Ideen zu diesen Fragen für das weltliche Leben von Nutzen sein könne, war allen nur möglichen Konjunkturen ausgesetzt. Eine Zeitlang war die Kirche sich ihrer selbst viel zu sicher, dann ist es denen, die sich davon befreit hatten, nicht erspart geblieben, diesen Fehler der Kirche, von der sie sich erfolgreich befreit hatten, doch zu wiederholen in ihrer eigenen ganz übertriebenen Sicherheit, alles von der Kirche her Kommende als ganz bestimmt ganz falsch verwerfen zu können. Zeitweise stand die Abschaffung des Zölibats sozusagen schon fast direkt bevor, dann sah man aber doch auch wieder, dass auch das zölibatäre, eventuell auch das mönchische Leben eine schöne, zum Radikalismus der Erkenntnis von Wahrheit nicht nur göttlicher, auch weltlicher Dinge hin offene Existenz sein könnte, mit einem eventuell sogar für die Gesamtgesellschaft nicht ganz unwichtigen Nutzen, und möglicherweise ist die allgemeine Nachsicht und Vorsicht in der gegenseitigen Anerkenntnis der Unterschiedlichkeit von Lebensweisen, die sich in letzter Zeit in diesen Dingen wohl am ehesten Plausibilität verschafft hat, nicht die allerschlechteste Entwicklung. Als mein lieber Freund Leopold Figal hochbetagt, hoch in seinen Neunzigern, vor einigen Jahren gestorben war, hatte ich von seiner zweiten Frau, mit der ich mich eigentlich sogar besser noch verstanden hatte als mit der ersten, ein kleines Billett zugeschickt bekommen, eben jenes Papier von vorhin, in dem er sich bei mir noch einmal für das seinerzeitige nächtliche Gespräch bedankt und mich darum gebeten hatte, ihn später, nach seinem eigenen Tod, in meine Gebete und Fürbitten mit einzuschließen, Amen. Was ich oft und gerne in den Jahren seither getan habe und so auch heute, Dienstag, den 18. August 2026, gesegnet sei der Name unseres Herrn, denn er hat Himmel und Erde erschaffen und groß ist seine Güte.

II

Herbstempfang 2008

»Vive la crise!«

PROUST

1. Die Welterrichtungsmaschine

Wow!: die Krise boomte, die verrückten schwarzen Karossen, die fetten dunklen Wagen der Chefs waren am Vorfahren in Serie, BMW, Mercedes, VW, Audi, dunkelblau und schwarz, ein klassischer Berliner Großauflauf war da in der Clara-Zetkin-Straße, oder wie hieß dieser Schmalhans hier hinter dem Hotel de Rome?, am Vorfahren und Auflaufen, es gab sogar einen grünen Teppich, einen Baldachin darüber, die Chefs ließen sich von zwei Livrierten den Wagenschlag, die Autotüre aufmachen und wälzten sich aus ihren Sitzen im Fonds, telefonierend noch die meisten, es wurden auch gar keine Drohungen ausgesprochen, schon gar nicht direkt, sagte Broder zu Diekmann oder umgekehrt Diekmann zu Broder, ich kam mit dem Rad und sah, wie hinter den beiden Graeter die Treppe hochstolperte, neben ihm Dietl, Kroetz und Stuckrad-Barre, dahinter Vanity-Fair-People-Chefin Inga Grömminger, CRAZY, das gibts doch nicht, ich sperrte mein Rad ab, da hörte ich die Fotographen rufen, Minu!, Jasmin!, Minu!, Jasmin und Coco waren im Pulk mit Minu und ihren Begleiterinnen angekommen, und alle waren sie jetzt hier also bestens gelaunt am Anrollen, Aussteigen, Einlaufen, kreischend, lachend, und dahinter tänzelte sogar auch noch der unglaublich schlank gewordene, fast wieder ganz durchgeistigt wirkende Joschka Barati-Fischer daher, ebenfalls fröhlich lächelnd, die Eingangstreppen ging es hoch, die Situation hatten sie unten im Sturm an sich gerissen, um oben dann souverän einzuschweben, bodenlos selbstbewusst, es war schon echt herrlich, diese kleine Machtergreifungsorgie hier. Drin tobte auch schon das unglaubliche, das ungeheuerliche Sozialmonster, 2000-köpfig, alle REDETEN, es peitschten die aus diesen vielleicht ja auch 3000 Köpfen hervorsprühenden Kommunikationen durch die Hallen und Räume, und wer da war, einfach nur körperlich anwesend, wurde ganz automatisch und unwiderstehlich mit hineingerissen in den tosenden Trubel und selbst Teil dieser Kollektivgerätschaft, dieser absolut gigantischen Maschine, lebendig, aus lauter Einzelmenschen gemacht, als Ganzes aber wohl der größte Dinosaurier, den die Erde je gesehen. Wogen, Stampfen, Schwirren, an jeder Stelle war ein anderer Hauptvorgang führend, jede Einzelzelle war Zentrale ihrer ureigenen Spezialbesonderheit, man kann es sich nicht vorstellen, aber es war so, an keiner einzigen Stelle wurde im Monster, vom Monster, am Monster irgendwo zum gleichen Zeitpunkt extakt das Gleiche gesagt oder getan, obwohl Trinken, Rauchen, Reden und immer wieder Reden die von allen Anwesenden doch auch gemeinsam verrichteten Sozialtätigkeiten waren. Ich hatte plötzlich, obwohl komplett nüchtern, das Gefühl, als hätte ich beim Losradeln zuhause, vor dem Losradeln, mit einem letzten Schluck Wasser meine erste Ecstasytablette wiedergenommen, als würde mir dadurch noch einmal, wie vor Jahren in der Münchner Theaterfabrik, eine mir bisher verschleierte, unerklärlicherweise von wem eigentlich und warum vorenthaltene, geheimnisvoll unzugängliche Grundwahrheit über das Soziale enthüllt und so verständlich gemacht werden. Aha, Zeitung!, verstehe! Es war vielleicht auch die letzte Banalität, was sich in diesem Moment für mich wie die tiefste Erleuchtung anfühlte, das war der Ecstasyeffekt, auch deshalb wusste ich nicht genau, was mein Körper durch Teilhabe am Monster hier meinem Gehirn gedanklich im Einzelnen eigentlich genau am Übermitteln war. Der Geist war verwirrt, ich schaute auf die Uhr, kurz vor acht, 19 Uhr 54, okay, Dienstag, der 25. November 2008, Herbstempfang der Frankfurter Allgemeinen Zeitung, Hotel de Rome, hoffentlich war ich nicht zu debil am Grinsen, hoffentlich, ach, egal. Ich kannte sowieso niemanden hier, sah ich jetzt, wie ich mich umschaute, knipste mit der Kamera sinnlos in jede Richtung, überall wurden Tabletts mit Wein, Sekt und Säften angeboten, ich suchte aber eine Bierbar, fragte eine der Kellnerinnen, wurde quer durch die hiesige auf die andere Seite der anderen Halle geschickt, die Hallen waren riesig, man kam auch kaum mehr durch inzwischen. Dann stand ich endlich mit einem Bier in der Ecke neben der Bar in der riesigen Haupthalle, die Leute hatten sich um kleine Stehtische herum gruppiert, auf den Tischen waren die kleinen Teller mit dem Essen abgestellt, die Gläser, und dann wurde da im Stehen also überall redend konferiert. Einzelne Worte und Satzfetzen waren zu hören, sie kamen aber nicht zu einem irgendwie kohärenten Sinnganzen zusammen, waren auch keiner bestimmten Thematik zuzuordnen. Es waren eben nicht primär die Schreiber und Journalisten der Faz da, wie ich es als Leser der Faz in meinem Faz-Autoren-Beobachter-Wahn offenbar erwartet hatte, sondern natürlich alle Arten von Leuten, die irgendwie, egal wie fern, mit der Zeitung und der Politik, über die die Zeitung berichtete, zu tun hatten, Werbeleute, Verlagsleute, Leute aus den Ministerien, den Behörden und der Wirtschaft, alles, auch hatte ich die Größenordnung völlig falsch eingeschätzt, ich hatte gedacht, so ein Herbstempfang, das ist ein fettes 300-Leute-Event, wie eine besonders große Ausstellungseröffnung vielleicht, aber das hier waren ja alle Bücher und Beilagen der Zeitung in echt, Geld und mehr, Technik und Motor, Beruf und Chance, Staat und Recht, Sport, Finanzmarkt, Unternehmen, Deutschland und die Welt und was nicht noch alles mehr zusätzlich zu dem, was die Zeitung für mich intuitiv ausmachte: Feuilleton, Politik und Wirtschaft, und alle diese Bereiche und Teilkosmen der Gesellschaft von wirklichen echten hier anwesenden Menschen vertreten, die außerdem natürlich auch noch alle irgendwie in Kontakt zueinander waren. Als allein da Stehender war man entweder Personenschützer oder seltsam Alienierter, fast schon gestört wirkend, das spürte ich an mir selbst, das beobachtete ich an anderen Solomenschen, die auch Solokrätze hatten, ich sah einen jüngeren Typ, der mit großen Schritten und sehr energisch, als müsste er eilig irgendwo ganz Bestimmtes hin, sich zwischen den Tischen an der gegenüberliegenden Wand und den Leuten darum herum über Eck in meine Richtung bewegte, sah dann aber an seinem nervös springenden, die Szenerie ratlos durchsuchenden Blick, dass auch er einfach nur allein hier war und nicht wusste, wo und wie er diese Tatsache, die etwas Beschämendes an sich hatte, möglichst unauffällig überspielen könnte. Ich tastete nach meinen Zigaretten, die ich aber im Mantel, den ich zuvor abgegeben hatte, vergessen hatte. Es war ein weiteres, mir leider vertrautes Indiz meiner Verwirrtheit im Raum der Welt, dass ich nach zweimaligem Durchwandern der verschiedenen Säle, Hallen und Gänge hier nicht mehr wusste, in welche Richtung es jetzt von der Bierbarecke zurück zur Garderobe ging. Ich ging los auf Verdacht und kam am Ende eines Vorraums zu einer engen Stelle, wo noch mehr Leute sich drängten, es ging zwei Stufen runter, und ich stand in einem neuen, etwas kleineren Raum, wo die Leute an Tischen sitzend beim Essen waren, es gab eine lange Tafel dort in der Mitte des Seitenareals, das mit einer Kordel abgetrennt war, und in der Mitte dieser Tafel saß, umgeben von lauter Männern, die Kanzlerin. Ich war so geschockt, Angela Merkel hier sitzen zu sehen, dass ich mich nur wundern konnte, ich wusste noch nicht einmal, worüber. Was hatte ich denn erwartet? Natürlich war das halbe Kabinett da, die weniger Wichtigen saßen an kleineren Katzentischchen in der Nähe der großen Tafel, die Kanzlerin redete, und die Männer um sie herum hörten zu, ich war irritiert davon, dass sie so bestimmend auftrumpfte, nur Schirrmacher, der auf dem Stuhl links neben der Kanzlerin saß, war selber auf ein eigenes Gespräch mit einem Gegenüber konzentriert. Ich nahm mein Notizbuch zur Hand und merkte an der sich straffenden Aufmerksamkeitsreaktion eines großen Mannes, der halbrechts hinter mir stand, dass ich diesem Polizisten schon als Verdachtsobjekt aufgefallen war, und nickte ihm zu. Er kannte die erschreckte Reaktion und das Bemühen, sie sich nicht anmerken zu lassen, und schaute freundlich zurück, Riese, der er war, schlank, riesig, nett. Ein Foto zu machen wäre hier jetzt keine so angemessene Penetrantheit gewesen, ich hätte die Szene dieses Abendmahls gerne festgehalten, es schaute datailreich und interessant aus. Wer war eigentlich Holger Steltzner, und warum kannte ich den nicht? Ich kannte seinen Namen als den eines der Herausgeber der Zeitung, wusste aber nicht einmal, welches Ressort er verantwortete, Berthold Kohler, wer bist du?, was machst du?, zeig dich doch mal bitte kurz. Ein Sympathieflash für diese Nonfaces an der Spitze dieser Riesenzeitung erfasste mich, zugleich die Einsicht in das Wahnhafte meiner Obsession mit Zeitung überhaupt, mit dieser Art gedruckter, täglich sich erneuernder Totalöffentlichkeit. Der Wahn hätte abklingen müssen im Lauf der Jahre, mit den Erfahrungen, die sich auch bei mir mit Zeitung angesammelt hatten, aber im Gegenteil und gegen jede Vernunft, die auch dem Wahn nicht völlig fremd war, hatte sich der Wahn mit Zeitung kontrafaktisch immer mehr verhärtet, war immer wahnhafter, verrückter, vielleicht auch falscher und jedenfalls unvernünftiger geworden, ein unvernünftiger Wahn, mein lieber Max, was sagt man dazu? Ich kam mir plötzlich vor wie Einar Schleef in seiner durch nichts beirrbaren Obsession mit einem perfekten, absoluten Kunsttheater, das zwar wohl noch aus lebenden, fleischlichen Menschen bestehen sollte, aber ohne alles am Menschlichen eben auch hängende Mittelmaß, ohne menschliche Niedrigkeiten, Fehler, Bosheiten, ohne Schlampereien und narzisstische Egoismen auskommen hätte sollen, ohne Opportunismus, Karrierekalkül und nur auf den Applaus ausgerichtete, nach Applaus gierige, den Auftrag der Kunst, die Radikalität der Wahrheit usw dabei verratende Praxis der Bühne, des niedrigen, kaputten, gedankenlosen Auftretens dort, gar nicht zu reden von den komplett verrotteten Verhältnissen in den Verwaltungen und Intendanzen der Theater, Schleef hatte in seinen Tagebüchern den absoluten Horror dokumentiert, den ein Einzelner, der sich den dort bestehenden Realverhältnissen nur an dem einen kleinen Einzelpunkt, wo er selbst davon betroffen war, zu widersetzen versuchte, immer wieder als eine ihn vernichtende Energie, ihm das Leben selbst und den Lebensmut abgrabende, die Kreativität zerstörende, auf diese Vernichtung und Zerstörung seiner Kunstvorstellungen konzentrierte Weltbosheit zu spüren kriegt, und trotzdem, das war das wirklich Erschütternde beim Lesen dieser Tagebücher, hatte er ja nicht damit aufgehört, die Theater in dieser realerweise an Irrsinn grenzenden, kontrafaktisch normativen Idealitätserwartung als Orte zur Verwirklichung seiner Kunst aufzusuchen, immer wieder neu. Trotz der Irrheit seiner Ideale hatte Schleef das Theater doch auch immer wieder für sich produktiv machen können, es waren Aufführungen von absoluter Schleefkunst entstanden, außerdem Texte, die seinen theatralischen Kunstexistenzialismus noch einmal sprachlich erfassten, beobachtbar, nachvollziehbar und so auch einer Kritik zugänglich machten. Schleefs Theaterwahn war vernünftig gewesen, mein Zeitungswahn war dies nicht, zumindest bisher nicht. Die schlechtesten Texte meines Lebens hatte ich für die gedruckte Vanity Fair geschrieben, ausgerechnet über Kunst, weil mein Ressortchef und mein Chefredakteur sich freuten, wenn ich solche kleinen Feuilletons zum Gesamten der Zeitschrift beitragen konnte, und ich mich freute, dabei zum ersten Mal diese Art von Angestelltenfreude kennenlernte, wenn meine Chefs sich freuten; und die rigidesten und natürlich auch falschesten Negativurteile über andere Schreiber hatten sich aus meinen wahnhaft erstarrten Falschidealen ergeben, wie im gedruckten Zeitungstext der Autorcharakter sich ideal gegen alle Welt behaupten müsse, der Charakter des Schreibers gerade im Tagestext seine ultimative Integritätsprüfung, den Beweis dabei seiner Charakterqualität abzulegen hätte usw. All das war Unsinn, fraglich zumindest oder falsch, dachte ich, während ich dem Gesicht von Günther Nonnenmacher beim Zuhören zuschaute. Die Kanzlerin dozierte, gestikulierte, und Nonnenmacher und die anderen um die Kanzlerin herumsitzenden Chefs nickten ihr bestätigend und zustimmend zu, weil es bei einem solchen Gespräch natürlich nicht nur um den Austausch von Informationen und Argumenten ging, sondern vorallem auch um die Aufführung des kollektiven Einverstandenseins aller Anwesenden mit den bestehenden Verhältnissen, gerade auch denen der Macht. Ein Nonnenmacher hatte gar kein Problem damit, hier durch sehr deutliche Signale seines Oberkörpers beim Zuhören und Reden der Kanzlerin seine Reverenz zu erweisen, bis hin zu fast schon etwas zu direkten Gesten der Devotheit, weil er selber in fast jeder Situation seines beruflichen Alltags auf der anderen Seite dieser körperlichen Expressionen verortet war und ihm eben das signalisiert wurde, was er jetzt der Kanzlerin stetig bestätigend mitteilte: den Vorrang des Ober, der Sie mir gegenüber sind, erkenne ich hiermit gestisch an. Zwar steht dieser Vorrang gar nicht in Frage, aber die Erinnerungsfähigkeit des interaktiven Systems sich begegnender und miteinander redender Menschen ist relativ kurz, drei Sekunden, 30 Sekunden, drei Minuten höchstens, je nach Grad der aktuellen Spannung zwischen den Beteiligten, dann muss die fundamentale Rangrealität wieder sinnlich für alle erfahrbar, durch die einschlägigen Affirmationssignale, erneuert werden, um so den Kontakt auf verbaler Ebene davon freizusetzen und, gerade auch im Kontroversiellen, am Laufen zu halten. Außerdem trafen hier ja nicht irgendwelche Privatpersonen aufeinander, sondern Funktionsträger, Fürsten ganz eigenen Rechts, und obwohl die Kanzlerin selbstverständlich keinem der hier ihren immer noch weiter ausufernden und fortlaufenden Ausführungen zuhörenden Faz-Chefs irgendeine Befehlsansage machen konnte, umgekehrt die Faz-Chefs ihr natürlich noch viel weniger, gehörte es doch zum gesellschaftlich allgemein anerkannten Selbstverständnis, dass der politische Funktionskreis allen anderen gegenüber eine Vorrangstellung für sich beanspruchen konnte, obwohl der Politik dieser Vorrang vorallem von der Wirtschaft streitig gemacht wurde, wie einst zwischen Kirche und Reich, Papst und Kaiser, wurde heute zwischen Politik und Wirtschaft um den gesellschaftlichen Spitzenrang gekämpft, in diesen letzten Wochen gerade jedoch, im staatlich koordinierten Reagieren auf die das Gesamte der Gesellschaft eventuell wirklich gefährdende Krise des Finanzsystems hatte die Politik, wie sie selbst sofort auch immer wieder zu betonen nicht müde wurde, ihre Handlungsfähigkeit bewiesen und damit ihren Anspruch auf Vorrang erneuert und gefestigt, und vielleicht war das der Grund, warum die Kanzlerin hier aktuell einen solchen Höhenflug zu haben schien und das Wort über all die Minuten hin, die ich hier stand und mir das anschaute, auch gar nicht mehr aus der Hand zu geben bereit gewesen war. Alle am Tisch selber sitzenden Beteiligten, die um diese Abendmahlstafel der Faz hier versammelt waren, wussten und bejahten, dass all diese Basisrealitäten der gesellschaftlichen Konstruktion, in Körpersignale umformatiert, in die Gesprächssituation selber aktuell immer wieder hineingeholt werden mussten, um das zu grundieren und zu ermöglichen, worum es eigentlich ging, wozu und weshalb man überhaupt zusammengekommen war, den verbal vermittelten Kontakt, das Gespräch. Die Kanzlerin erklärte den Zeitungs-Chefs also, wie sich die aktuelle Lage aus ihrer Sicht darstellte, und morgen würde man es in der Zeitung lesen können, was sie hier im Einzelnen gesagt hatte, vielleicht auch erst übermorgen, ja natürlich, übermorgen erst, während gleichzeitig und jetzt schon sofort die am Gespräch direkt Beteiligten in jedem nächsten eigenen Gesprächskontakt die Kunde davon weitergeben würden, welche hochexklusiven Geheimnisse die Kanzlerin, unter der Auflage, sie nicht an andere weiterzuerzählen, höchstpersönlich erzählt und mitgeteilt hatte, und dann kam irgendeine angebliche Personalie, Lappalie, eine angebliche Wertung irgendeiner Person, irgendein angeblich beabsichtigter Plan, ein so angeblich öffentlich nicht darstellbarer Hintergrundgedanke usw, die Obsession der Journalisten, aller Journalisten, die ich je kennengelernt habe irrerweise, mit angeblich geheimen Hintergrundinformationen ist ein ganz eigenes, ziemlich trauriges Groteskkapitel, speziell im großen politisch-journalistischen Komplex, da war meine Obsession mit Zeitung überhaupt straightforward Vernunft dagegen. Mehr denn je war ja die öffentlich zugängliche Information in einer solchen Massenhaftigkeit, Zugänglichkeit und Unüberblickbarkeit zugänglich, dass das Problem intellektueller Qualität, also auch das Problem für den Qualitätsjournalismus, längst umgekippt war aus dem Bedarf an Information in das Gegenteil, in Bedarf an Nichthaben von Information, von Schlechtinformation, von Nullinformationen und Schwachsinnsinformationen, denn jeder Quatsch, jedes üble Gerücht, erst neulich ist es vom Schmutzverleger Bauer im Spiegel wieder als Journalismus ausgegeben worden, dass eben damit, mit übler Nachrede, Geld gemacht wird, war ja auch einmal einen Sekundenbruchteil lang tatsächlich eine Information gewesen, und 90 Prozent der überall wichtigtuerisch weitergeflüsterten Hintergrundinformationen sind totaler Sozialmüll, Unsinn, Jauche, die auch dem Qualitätsjournalismus viel zu oft das Hirn viel zu sehr überschwemmt. Irgendeine Beobachtung, irgendeine vergiftete Kleinigkeit, irgendwen an diesem Tisch hier betreffend, hatte ich meinerseits doch eigentlich, wie ich jetzt, wie ich meinen Füller über der Notizbuchseite schweben sah, mich erinnerte, eben aufnotieren wollen, was war das gleich gewesen, der Polizist rechts hinter mir beobachtete mein Agieren stetig, und ich dachte nur, ja ja, sehr wichtig, und steckte meinen Notatekrempel für den Rest dieses ganzen, noch sehr lange werdenden Abends zurück in die rechte hintere Hosentasche und den Füller rechts vorne zum Feuerzeug. Rauchen war der Plan gewesen, Aufsuchen und Finden vorher der Garderobe in diesem verwirrend zusammengeschraubten Hotel de Rome, wenn es nicht einmal dazu reichte, sich hier zu orientieren, wie wollte ich dann erst das von mir sonst immer so gefeierte Nichtverstehen der komplex strukturierten Papiere, Derivate und Zertifikate anprangern oder verteidigen, dachte ich, das geht nicht, wie ich mich jetzt durch die eng an eng stehenden Leute im Kanzlerinnensaal richtung draußen drängte. Jeder zweite hier meinte ja im Moment glauben zu müssen, was als der Weisheit letzter und neuester Schluss überall allen gerade verkauft wurde, dass man an der Börse nur das kaufen dürfe, was man selber verstehe, diese Banalität konnte jeder verstehen, und man merkte jetzt schon an der Blödheit der Gesichter derer, die diesen Blödmannspruch verzapften, auf dessen Basis der Terror des privaten Fernsehns und der ganze Boulevard seine scheußlichen und traurigen Deppengewinne dauernd am Einfahren war, dass genau damit der nächste große Börsenreibach und -betrug angezettelt werden wird, dass jedem Deppen irgendetwas, was auch er selber ohne jede Anstrengung nachvollziehen kann in seiner geistigen Wüstenhaftigkeit und Hirnleere, als Vernunft, als vernünftiges Investment angedreht werden wird, was in Wirklichkeit einfach nur Banalität ist, Primitivität, Bestsellerschrott. Ich hatte meine Hassgesänge gegen diese gerade auch von Springer programmatisch geförderte Dumpfheit noch nicht zu Ende gesungen, da sah ich neben Diekmann und Broder, die vorher an der Türe ihren Auftritt in Arte-Manier zelebriert hatten als der Gegelte und das bunte Kasperle, jetzt den Stuckrad-Barre, ganz seriös in ein Gespräch vertieft, an einem dieser Stehtische im Hauptsaal herumstehen und sich dort also mit ernster Miene unterhalten. Fast wäre ich zu Stuckrad-Barre hingegangen, um ihm zu seiner ersten gelungenen Politreportage zu gratulieren, ein Westerwelle-Porträt, das neulich in der Welt am Sonntag erschienen war. Seit Stuckrad-Barre exklusiv bei Springer arbeitete, kaufte ich mir nicht nur regelmäßig alle paar Tage die BZ, wenn ich dachte, irgendein Berliner Großereignis könnte den Berlin-Reporter Stuckrad-Barre zu einer Reportage veranlasst haben, sondern auch den deutschen Rolling Stone, wo Stuckrad-Barre die Pet Shop Boys interviewte und eine monatliche Kolumne über von ihm frisch eingekaufte Popwaren hatte, insofern funktionierte bei mir das Springer-Investment in Stuckrad-Barre, weil mein Interesse an Stuckrad-Barre größer war als mein Ekel vor Springer. Im Kern machte Benjamin von Stuckrad-Barre genau das, was ich auch immer hatte machen wollen, mitarbeiten bei der Presse, um dabei die Welt, wie sie wirklich war, zu erkunden, und an ihm und seinem journalistischen Schreiben konnte ich noch einmal beobachten, wie das geht, wenn es gelingt, und vorallem im Nachhinein für mich selber erkennen, warum es mir nicht gelungen ist und für mein Schreiben wahrscheinlich auch immer unerreichbar sein würde. Um guten Journalismus machen zu können, musste man sich auf eine selbstverständliche Art im Sozialen so aufgehoben fühlen, wie ich mich ebenso selbstverständlich fern davon wohl fühlte, diese Alienationsposition konnte zu einer das Soziale aus der Abweichung erschließenden Ichliteratur führen, nie aber zu dem guten Journalismus, der eben nicht im Ich, sondern in der Welt die zu beobachtende, zu untersuchende und im spezifischen Detail auch erfassbare Problemstelle vorfand, das war der Weltspezialismus des journalistischen Schreibens, im Westerwelle-Porträt von Stuckrad-Barre für mich komplett gelungen, und ich musste an mein eigenes Schröder-Porträt denken, leider misslungen, das ich dem Dirk Kurbjuweit quasi als Bewerbungsschreiben für eine Mitarbeit im Politressort des Spiegel, am liebsten eine wöchentliche Kolumne dort, vorgelegt hatte, ich hatte Schröders legendäre Neuwahl-Ankündigung im Kanzleramt an dem Sonntagabend nach der für die SPD verlorenen NRW-Wahl, es war der 22. Mai 2005 gewesen, beobachtet und zu beschreiben versucht, und wie Dirk Kurbjuweit mir jetzt bei einem Mittagessen in einem Lokal in der Reinhardtstraße diesen Reportageversuch zurückgab und erklärte, das sei ja schon alles ganz ordentlich so weit, aber über bestimmte Formulierungen hätte er sich doch recht gewundert, da wären so Floskeln mit drin in dem Text, die man eigentlich keinesfalls mehr verwenden würde, dass die Umfragen also im berühmten »Keller« seien, das Gesicht des Kanzlers »wächsern« gewirkt habe usw, er brachte noch einige Beispiele mehr, und ich war derartig geschockt, dass in einem Text von mir solche offensichtlichen sprachlichen Defizite festzustellen waren, hatte im ersten Moment noch gedacht, dass das schrödersche Gesicht aber doch WIRKLICH wächsern gewirkt hatte, bei diesem Auftritt, der sich im Nachhinein ja als die politische Selbstvernichtung Schröders und der ganzen Sozialdemokratie auf Jahre hinaus rausgestellt hatte, und dann aber auch sofort gewusst, dass ich das Reportageschreiben genau so erst lernen müsste wie ein

Zweitsemesterstudent an der Journalistenschule, durch eigenes Üben, dass mein jahrelanges Lesestudium der Meister, speziell von Günter Bannas, mir gar nichts beigebracht hatte, ja, ich konnte es nicht, ich konnte schreiben, anders, vielleicht konnte ich das noch, eine auch nur ordentliche Politreportage konnte ich nicht schreiben, und am Gesicht von Dirk Kurbjuweit war dabei wohl zu sehen, dass es ihm nicht so sehr angenehm war, mir diese Kritik, diesen im Grunde vernichtenden Befund über meinen Text, mitteilen zu müssen. Ich kam zur Garderobe, kramte in der Hosentasche nach meiner Garderobenmarke, ließ mir den Mantel geben, nahm die Zigaretten heraus, gab den Mantel wieder zurück und ging jetzt ganz nach hinten, wo ich vorhin den Raucherraum entdeckt hatte, um dort eine Zigarette zu rauchen. Unterwegs kam ich wieder durch die große Halle des Volkes, wo –

2. Hyperliquidität, hochspekulativ

»Geld gibt ein Kommando.
Seine Order lautet: ›Mehr!‹«

THE HEIDENREICHS

Da stand Gorbatschow, er sagte: Das Kapital ist schuld. Gut, dass Sie es sagen, Herr Gorbatschow, Wolfram »die Krise ist vorbei!« Weimer von Cicero stand daneben, Gorbatschow, der etwa drittwichtigste Mensch des 20. Jahrhunderts, nach Lenin und Hitler und wohl sicher vor Stalin, war ein nettes, tantig in sich zusammengesunkenes Männchen, immer noch für die letzten Fundamentalwahrheiten zuständig, früher Glasnost und Perestroika, göttliche Worte, in den Hallen der Wahrheit in Gold an die Wände geschrieben, den Mächtigen für immer und überall, den Mächtigen in spe, den Mächtigen in Aktuellverantwortung, den Mächtigen a. D., den Mächtigen überall in den Firmen, Institutionen und Staatsapparaten die Mahnung, machmal daran zu denken, dass ihre ewigen Lügen, das Geheimhalten, das Tricksen und Betrügen, die ganze Kaputtheit ihrer Spiele zum Erhalt ihrer Macht wie nichts in sich zusammensinken könnten, wenn paar Durchsichtigkeiten und Wahrheiten, die offenkundig waren für jeden, der sie sehen wollte, auch einmal offen benannt werden würden, von mehr als nur vier Versprengten, kein Rückgriff auf Zukunft, sondern Vorgriff zurück auf Geschichte, Benjamin etc, und heute also, von Gorbatschow selbst so herausgestellt als Schuldiger: das Kapital, herrlich. Vielen Dank, Herr Gorbetscheff, ich sprach seinen Namen diesmal amerikanisch aus, für diese super Info.

Ja, das Kapital war schuld. Enzensberger, der natürlich schon mit den neuen Chefs des neuen Spiegel, mit Müller-Blumencron, Mascolo und zu Guttenberg am Tischchen stand, immer mit den Kommenden, für immer 38, erklärte den jungen Revolutionären Matussek, 24, und Brauck, 72, wie die Revolution heuer, im 68er Gedächtnisjahr 08, ausfallen würde, ausfallen würde sie, ha, ja, Enzensberger musste selber über seine eigene Spritzigkeit und Witzischkeit seines eigenen Geistes schmunzeln und lächelte mit schrägem Mund freundlich in die Runde. Klick, es wurde ein Foto gemacht, der Fotograph Quirin Leppert, 22, hat es aufgenommen.

Der Sonderbeauftragte für Brandbeschleuniger beim ZK der FAS, Nils Minkmar, trat an den Tisch und fragte: Wann brennen hier die Barrikaden? Minkmar hatte einige Revolten und Revolutionen mitgemacht zwischen Frankfurt und Berlin, fühlte sich beflügelt von der großen Aufbruchsstimmung in den letzten Bastionen und Redaktionen der Reaktion, des Kapitals, der Macht etc, Minkmar im O-Ton: Die Krise ist zur Machtfrage geworden. Ich fragte nach. Er erklärte es mir freundlich, die Krise MÜSSE, er sagte sogar: MUSS, moralische und finanzielle Folgen für ihre Verursacher haben. An wen denken Sie da, Herr Minkmar, und wie genau stellen Sie sich einen Zwang zu einer moralischen Folge vor? Das wäre ja wirklich mal eine Revolution der Gesellschaft, wenn Moral per Zwang befohlen werden könnte. Aber Minkmar war natürlich in ganz anderen Dimensionen und Regionen geistig unterwegs, serienmäßige Verbrechen an der Logik hatte er anzuprangern, all das sei, wie er hochbegeistert drohte, hochgefährlich, und laut fragte er zuletzt ins Rund der großen Halle der Redenden hier die große rote Frage: Warum ist es noch so STILL?

Kein Orkan erhob sich aber, leise musste ich an eine der letzten Paraden denken, die einzigen, die ich je gesehen hatte, waren ja Paraden der Liebe, Love Parades, gewesen, wo der unsterbliche, das heißt, leider schon verblichene, gestorbene DJ Spoon, der unendlich phantastische Löffel, dieser einzigartige und wirklich wunderbar gewesene Kippenberger des Techno, hoch oben auf seinem weißgelben Wagen stehend und winkend immerzu in die, von den Jahren der Hysterie und des Glücks und ihrer immer wieder erneuerten Neuaufführung schon ganz erschöpfte, tatsächlich ziemlich trostlos zusammengeprügelte, dabei zugleich ja wirklich doch auch noch immer massenhafter gewordene Menge von traurig ihre traurige Loveparade-Dienstpflicht komplett resonanzlos ablatschenden Loveparade-Mitlatschern immer wieder rief und schrie: ihr seid so scheiße leise!, immer verzweifelter diesen Anfeuerungsschlachtruf ausbrachte, ohne jede Wirkung: ihr seid so scheiße leise! Ja, so war es, es war ja vorbei und aus mit dieser Sache, und wie ich den Löffel schon damals für diesen unendlich traurigen Abgesang auf die Parade nur umarmen hätte mögen.

Bevor zu viel sentimentale Erinnerung aufkommen konnte, trat im einschlägigen Businessanzug eine Nutte, die sich als Anne T. Gier vorstellte, dazwischen, um ihre Geschichte als Finanznutte in Frankfurt, bei der sogenannten Hyperdeutschen Bank vorzutragen, die von einer so armseligen verblödeten Banalität war, wie man es natürlich und genau so erwartet hatte. Hatte irgendwer gedacht, dass Leute, die eh schon blöd waren und deshalb in den späten 90er Jahren BWL, nochmal: BWL!, ja, lauter: B.W.L. ausgerechnet studiert hatten, um bald auch noch selber möglichst viel Geld zu verdienen, dann, nach ihrem kurzen Nichtstudium, wenn sie mit diesem Geld in Kontakt gekommen waren und bald mit nichts anderem als mit diesem Geld und Leuten, die mit diesem Geld zu tun hatten, in Kontakt waren, irgendeinen Minimalschwenk zu irgendeiner Minimalvernunft hin machen würden? Nein. Niemand hatte das gedacht. Jeder hat ja manchmal paar dieser Trottel irgendwo, natürlich auch im Nachtleben, erlebt und sich nur wundern können, über den Abgrund an Stumpfsinn in Hirnen von Tieren, die äußerlich wie Menschen ausschauten. Im Handelsraum, im sogenannten Handelsraum also ging es natürlich rauh zu, sie machten grobe ordinäre Scherze untereinander, Infantilität und Männerschwachsinn, Heterosexualitätsgrobianismus waren in der dortigen Männerwelt Trumpf, Dumpftrumpf, sticht, peng, zack, Deal, wieder paar Millionen, bla bla, und Frau Gier hatte die debil und verbal tropfenden Sexualorgane ihrer Kollegen und Kunden gierig abgeschleckt, um jetzt mit dem allerabgenuttesten Bekenntnisdrang der abgehalfterten Nutte von einst davon ein bisschen empört und immer noch fasziniert Zeugnis zu geben in dem Buch, das sie in der Hand hatte, Anne T. Gier, die Gier war grenzenlos. Ein Buch so dumm wie Geld auf Koks. Das war ja sowieso dasselbe. Ein Bekannter tippte mir von hinten auf die Schulter: haste mal ne Sekunde?

O ja. Wir waren kurz AUF TOILETTE gegangen, erst hatte er aufgestreut, dann ich, Gespräch dabei am Klo war interessant gewesen, Gefühl auch gut, Inhalt im Nebel, aber egal, und wie wir wieder rausgekommen waren und uns mit bösem Grinsen voneinander verabschiedet hatten, auf später, exakt, ich plötzlich wieder allein da stand, schüttelte sich mein Kopf vor lauter Verwirrtheit und Freude. Erst jetzt, hier, in diesem Augenblick fühlte ich mich richtig zugeschaltet zum Monster, war Teil davon geworden, und jeder meiner Schritte war an meiner zufälligen Ichstelle Wogen im Monster und selbst Monsterschritt. So ging ich nun dahin. Und jedes Gesicht, das ich sah, sagte zu mir seinen Text und ich sagte automatisch und aus tiefster Seele: ja.

Da stand Katharina Wagner, crazy, sie drückte kurz auf den Knopf vorne an der Spitze ihrer rechten Brust, so eine Art Brustwarzenknopf offenbar, und dann kamen aus ihren zu Krallen mir vors Gesicht gehaltenen Händen, vorne an den Spitzen der Finger, aus den Fingerspitzen heraus, ganz langsam diese verrückten weißen Löwenkrallen hervorgewachsen, hoch und vor geschoben, ein irrer Mechanismus, der mich an eines dieser genauso verrückten Michael-Jackson-Videos, Killer vielleicht, denken ließ, und gleich würde die löwenhafte Katharina ihren Mund aufmachen, zu singen, zu schreien anfangen und dann mit ihren Krallenhänden die rote Zunge, die jetzt in der Tiefe ihrer wahrhaft riesigen Mundhöhle, in ihrem Rachenraumgrund sichtbar wurde, ergreifen, ihre Pranken dorthinein, ins rote Fleisch der Zunge, schlagen und sich selber diese ihre rote, immer länger zwischen ihren verrückten Lippen herausgezogene Zunge – nein, sie drückte auf ihre Klitoris, sie hatte sich ihre Zunge nicht selbst entrissen, sie lächelte zauberhaft, ihr Gesicht schimmerte natürlich usw, sie nahm einen Schluck, sie hatte eine Bierflasche in der Hand, das fand ich sympathisch und fragte sie: wo gibt es eigentlich das Bier, das Sie als amtliche Löwin hier trinken? Ich bin eine Wagner, sagte sie, dafür muss ich mich gottseidank nicht mehr entschuldigen. Und ich: umgotteswillen, ich bitte Sie usw, angenehm, im Gegenteil, Laberflash. Vorsicht, dachte ich, Vorsicht. Entschuldigte mich und ging, ging ich denn noch?, ging ich selbst?, ging so fort, wie Lenz himself, dahin.

Die Wälder und Berge waren Menschen und Gruppen von Menschen, aufgehen hätte ich in ihnen mögen, hineinsteigen in sie und mit ihnen und über sie hinweg, aber ich wusste, dass das nicht geht, es ging nicht, ich stand da und sah, wie Büchner und Proust auf mich zukamen, Unsinn, Fetisch und Chaos kamen daher, was macht IHR denn hier, sagte ich erstaunt und kam mir extrem verbraucht und kaputt vor angesichts der Frische und Heiterkeit, die von den beiden ausging, ihnen sozusagen offenbar voraus am Gehen war. Wie macht ihr das?, Männer, dass ihr so seid, so sein könnt? Der Venusberg, das war klar, die Baustelle kommt noch, ich wusste von Schleef, dass es da irgendwelche Verbindungen gibt, Männer, Frauen, Natur, oder umgekehrt, in anderer Reihenfolge usw, sah eine Art Besorgnis, Befremden, Befremdetsein in den Gesichtern der früheren Freunde von einst, spürte die Traurigkeit der Einsthaftigkeit auch dieser wie so vieler meiner früheren, früher so lebendig gewesenen Freundschaften, crazy, alles falsch hier, fehl am Platze, ich, ich, das Stammeln beschämte mich, ich machte eine Geste und tauchte unter den Augen der beiden Helden, die ich eben noch wach nach neuen Taten Ausschau halten sah, seitlich weg, fort, atmete durch, wie ich endlich wieder in der Fremde war, wo ich niemanden, mich niemand kannte.

Mr. Hölderlin, sagte von hinten eine Stimme, darf ich mal eben vorstellen, Don Alphonso, der machte dann einen seiner Scherze mit seiner für Internetverhältnisse relativ abgefahrenen Gebildetheit. Er war auch ein eher kleiner Mensch, er lachte, ohne zu viel von sich preiszugeben, was mich im hyperergatorischen Hyperpreisgabemodus um so mehr, HYPER HYPER, veranlasste, ihm meine Totalbegeisterung für sein Tun und Schreiben für die Faz-Blogs darzulegen, ach was, nicht darzulegen oder mal nur so bisschen auszubreiten, sondern aufzuschütten, hinzuwerfen, hochzulabern, so gut und so wahr wie ich eben konnte. Er hatte ja die Faz, und war insofern auf diesem Empfang hier, texttechnisch gesehen, der wichtigste Mensch überhaupt, im Alleingang aus der Ödnis und Oberlehrerknasthaftigkeit ihrer traurigen, natürlich wieder irgendwo in Amerika abgeschauten Reading-Room-Lächerlichkeiten herausgeführt und zu einem echten Internetort gemacht, der einfach das Beste aller Welten von überall her zusammenkratzte, in erster Linie war das natürlich ganz einfach Qualität, diese fragilste, flüchtigste Ingredienz nicht nur der geistigen Bemühungen und Dinge, von allem eigentlich natürlich usw, und diese vielen verschiedenen Qualitäten wurden da jetzt in den Stützen der Gesellschaft, so der Titel des Faz-Blogs des Don Alphonso, zusammengeführt, die Altseriositätsreste der Faz, die es trotz großer von innen, von aus der Faz selbst heraus dagegen geführter Seriositätszerstörungsfeldzüge immer noch gab, und die Aktuellflashiness der auf Täglichkeitsbasis seit unendlich vielen Jahren sich erneuernden und meistens genau richtig locker und genügend gefasst herausgetrashten Aktuellseriositäten des Blogger-Don; 117 Kommentare, auch mal bei gezielt bedienten Hysterikerthemen über 300, man konnte tatsächlich STUNDEN lang nichts anderes als diesen Blog, ja, männlich!, lesen, seine von ihm geführten Debatten verfolgen, eventuell sogar noch selber bedenken, der Blog des Don Alphonso war eine täglich sich erneuernde ganze Zeitung in sich, und für diesen Coup des Schirrmacher, den Don Alphonso für sich zu gewinnen und ihm im Hause des Vaters, das ja bekanntlich viele Räume habe, einen so perfekt zu ihm passenden Raum einzurichten und bereitzustellen, was ja jeder zwischen Spiegel, SZ, Zeit oder Taz jederzeit hätte machen können, aber nicht gemacht hatte, er aber, Schirrmacher, eben genau schon, war ich also bereit, Blödsinn: ich freute mich einfach unglaublich daran, dass es das gab. Zum Don sagte ich nur irgendwas Schnelles wie: größte Verehrung oder so ähnlich, und verabschiedete mich sofort, und der Don schaute mich recht spöttisch an, er hatte nichts dagegen, dass die Leute seine Sachen gut fanden und ihm das sagten, aber sein Selbstbewusstsein war extrem wenig darauf angewiesen, dass ihm irgendwer irgendwelche Qualitäten attestierte, und so konnte er auch mit Lob sympathisch unspastisch umgehen, er war keine lebenslang geduckte Null gewesen, die jetzt plötzlich, urplötzlich, zum größten eigenen Erstaunen, zu Ruhm gekommen war usw.

Davon aufgerufen, stand da doch tatsächlich, ja, *und jetzt auch noch:* Daniel Kehlmann auf der berühmten Matte seines Ruhms. Er beschwerte sich. Ich hätte ihm unrecht getan. Es sei alles ganz anders gewesen. Ich hätte Begegnungen und Gespräche, die es in echt gegeben hatte, in einer Weise öffentlich in Klage verdreht wiedergegeben, die entweder auf ein extrem schlechtes Gedächtnis oder auf böse Absicht schließen lassen müssten. Böse Absicht, sagte ich, mein lieber Daniel, das ist die Poetologie dieser sehr ernsten Nichtscherze bei mir, die öffentliche Figura wird zum Nennwert des von ihr selbst öffentlich Aufgeführten, in Bild und Text aufgeführten, der von ihr selbst durch Mitmachen ratifizierten Imagokonstruktion genommen und meinem Textwolf einfach so zum Fraße vorgeworfen. Guten Appetit. Er war am Essen, er hatte offenbar starken Hunger, er musste viel essen, er war wahrscheinlich schon ganz schwach vor lauter Hunger, er nahm das Essen mit seinen Fingern, die weiß abgebundene Spitzen hatten, und tat das Essen damit in seinen mit sehr starken Fleischwülsten, wahrscheinlich waren das bei ihm die Lippen, umrandeten Mund. Dann kaute er und schaute müde auf den Teller, musterte das um den Tellerrand herum darunter sichtbar werdende Parkett der in stumpfen Mustern ausgelegten lateinamerikanischen Fabulierlust.

Die Sendung des Bodens empfing ich wohl. Die Wiesen, der Tau, in morgendlicher Stimmung, guten Morgen allseits heute Morgen, trieb ich jetzt der Anne Philippi unversehens in die Arme, Anne!, was machst du denn jetzt bei Bild, rief ich aus, sie lachte, aber ist das denn nicht ein fürchterlicher Abstieg, von unserer herrlich gestörten Vanity zur grausig stumpfen Bildbild, sie lachte wieder, es war ja auch keine Frage gewesen, es war noch nicht einmal ein Vorwurf, es war einfach die Möglichkeit der Offenheit, auch die Wahrheit zu sagen, weil der Inhalt des Gesagten sowieso egal war, weil es auch jenseits gehobener Geselligkeitsregeln so ein brauchbares Alltagsfloaten im Halbflachen gab, wo das Uralte alter Bekanntschaft, irgendeine Basissympathie und irgendein individuell gehaltenes Individualgen zusammen eine Herzlichkeitsgegenwart ergeben konnten, die das in ihr flach Dahergesagte von tieferen Aufrichtigkeitspflichten freistellte, es durfte gelogen werden, ohne dass es schlimm gewesen wäre oder weh getan hätte, und es durfte auch die Wahrheit wahrheitsgemäß gesagt werden, gerne natürlich als Witz. Wir waren ein Jahr lang bei der Vanity jeden Tag ohne viele Worte aneinander vorbeigewackelt, auf nicht wenigen Parties war ich zu Anne Philippis Partymusik auf der Tanzfläche herumgehupft oder hatte dort ein bisschen mit dem Fuß gewippt und Freude an dieser Musik gehabt, und Bösor, Höllor, Ernstor und die ganzen anderen finsteren Gestalten, die mir mein Sozialleben schwer machen oft, waren weg, störten nicht, weil Freude da war, hallo Anne, ich muss mal eben ganz schnell weiter, sagte ich, und sie, ist klar, bis bald.

Ich erzählte Sloterdijk, mit dem ich ja gemeinsam im Deutschen Normenkontrollrat saß, dort mit ihm für Diskussion und Vergabe verschiedener Preise zuständig war, insofern hier die maximal gegensätzliche Sozialsituationsbasis wie eben bei Anne Philippi gegeben war, als wie unglaublich fürchterlich, falsch, im Gegenteil, als wie unglaublich inspirierend und interessant ich seine hier in der neuen Revolutions-Faz unter irgendeinem neuerlichen Revolutionstitel neulich veröffentlichten Ideen zu der von ihm so genannten gebenden Hand, der nichtöffentlichen, der nicht nehmenden, der gebenden Hand also, gefunden hätte, vorallem natürlich dieses Bild mit den Händen, mit der Hand, diese Auswalzung des Begriffs von der öffentlichen Hand zu dem Bild von den gebenden und nehmenden Händen hätte es mir als Arzt und Hobbydarwin besonders angetan, damit könne man wirklich arbeiten, mit diesem Bild, mit diesen Händen, nur die von ihm mittels dieser herrlichen Hände herbeigezogenen Ideen müsste man sich wohl doch noch einmal ein bisschen genauer anschauen vielleicht, es klingt zwar schön, wenn man das Gute im Menschen als Möglichkeit nicht völlig in Abrede stellt, aber die Finanzierung all dessen in der Gesellschaft, wofür die

Staatsstelle heute der Geldumverteilungsort ist, auf die gütige Bereitschaft der Menschen, eine ihnen angemessen erscheinende Spende zu spendieren, zu gründen, spricht leider gegen ein paar Millionen Jahre Geschichte hier auf dem Planeten Erde, den wir vorerst noch und ohne echte Alternative allesamt bewohnen, und ich wisse ja nicht, wie es in Karlsruhe sei und so zugehe, aber hier in Berlin müsse man sich nur einmal ein Treppenhaus in einem beliebig kultivierten, alternativen, neobürgerlichen oder erst recht natürlich auch komplett abgetrashten Hartz-IV-Ambiente anschauen, ein zufällig dort befindliches Stück Abfall sich vergegenwärtigen und jetzt die absolute Gleichgültigkeit beobachten, mit der jeder Einzelne, der dort allein am Abfallstück vorbeigeht, der Meinung ist und lebend daran vorbeigehend dieser Meinung Raum und Ausdruck gibt, er ausgerechnet müsse ja wohl nicht der Depp sein, der sich nach diesem Stück Abfall bückt, Motto: ich bin doch nicht blöd, das ist mein gutes Recht usw, weil er einfach davon ausgeht, dass diese vielen anderen, die hier ja wohl auch in diesem halböffentlichen Raum dauernd vorbeigehen, von denen er ja nur einer ist, einer der vielen, von denen jeder doch wohl mal sich nach dem Stück Abfall bücken könnte, wieso sollte es denn ausgerechnet er sein, der sich da zum Deppen macht usw, jeder findet und kommt am Ende seines Kalküls zu dem Ergebnis, den Abfall kann man ruhig mal liegen lassen vorerst, vielleicht hats ja nachher, wenn ich wieder vorbeikomme, schon irgendwer weggemacht, sicher kenne er, Sloterdijk, die hierfür zuständige sozialpsychologische oder auch soziologische Theorie, die es vermutlich sicher gebe usw, aber dass die Bereitschaft, sich fürs Gemeinwohl verantwortlich zu fühlen, dann größer sein wird, wenn es für den Einzelnen, von dem etwas gefordert ist, um das Abgeben von seinem ureigenen, von ihm gehabten Geld, nicht nur um das sich Bücken nach einem Stück Abfall geht, könne doch wohl auch er selbst nicht allen Ernstes zu glauben vorgeben wollen, wenn es hier um mehr gehe, als nur ein bisschen lustigen Debattenwind durch das von ihm als vielleicht ein bisschen zu langweilig empfundene Habermasien fahren zu lassen. Ich hatte aus meiner eigenen Steuerzahlerpraxis, die es, seit ich korrekt Steuern zahlte, an Absurdheit mit jedem anderen Steuerzahlerschicksal sicher gut aufnehmen konnte, die genau gegen diese Absurdheitszumutungen sich auflehnende Akzeptanzidee entwickelt, dass es jenseits des Geldes, des vom Staat als Steuerschuld von mir geforderten Betrags, um etwas anderes ging in Sachen Steuerpflicht, dass in der dauernden Belegpflicht nicht nur meiner Ausgaben, sondern meines ganzen Lebenswandels, mir vom Staat ein Abhängigkeitssignal übermittelt und zugestellt wurde, mit der Aufforderung verbunden, mich mit dieser Abhängigkeit vom Staat einverstanden zu erklären. Und dann dachte ich an den Wasserhahn, aus dem das berühmte warme Wasser des Luxus, hier in unseren Welten leben zu dürfen, kam, und sagte: ja, Staat, Gefangener bin ich, ich wäre gern frei, aber wenn ich dafür mit einer Pistole herumrennen und mich gegen die Räuber, die mich ausrauben wollen, selber schützen müsste, den Strom, mit dem mein Computer läuft, selber mit einer von mir selber erst noch zu erfindenden und dann auch noch dauernd mit den Füßen tretend zu betreibenden Generatormaschine erzeugen müsste, jede Nachricht an irgendwen eigenhändig übergeben müsste usw usw, will ich lieber der Gefangene, ein unfreier lächerlicher Steuerbürger dieses Staates sein, den die Staatsbedürftigkeit der Gesellschaft in nicht so ganz gering zu schätzender Weisheit im Laufe der letzten paar hundert Jahre sich so zurechtgeformt hatte, irgendwie schrecklich, ganz ersetzbar wahrscheinlich nicht so leicht, und von alledem also würde das Symbol Steuerzahlung im konkreten Fall der Mühsal, die sie jedem machte, für jeden, der das so sehen würde wollen, immer wieder handeln. Und wer es anders würde sehen wollen, konnte ja jederzeit die Variante Zumwinkel wählen, ist ja nur verboten, Handlung wird ja nicht verhindert, ist nur eine mit Sanktion bedrohte Möglichkeit zu handeln, sogar diese Freiheit gibt der Staat dem Steuerbürger, nicht ohne in der Sanktionsdrohung nocheinmal jedem Einzelnen seine Grundidee in Erinnerung zu bringen, dass er, der Staat, der eben nicht mehr Leviathan war, sondern die dauernd von Akzeptanzzuwendungen gestützte und davon auch abhängige IDEE, das Kollektivabstraktum, dass der Einzelne nur in Abhängigkeit von der Gemeinschaft und in Gesellschaft der vielen anderen Einzelnen hier leben konnte, dies implizit anerkennt, und die Spießerfreude, die man überall und quer durch alle Schichten und Gruppen, vom Anarcho bis zum letzten Ackermann, mit Steuerüberdrussgerede und Staatsverdrussgeschwätz populistisch aus jeder Stammtischzelle dieses Deutschland lautstark erwachsen lassen konnte, Bierdeckel her und ab dafür, war gut sichtbarer Ausdruck der SOUVERÄNITÄT dieser Idee, die ihre Akzeptanz nur symbolisch, nicht auch noch verbal oder durch einen in sie geistig explizit einwilligenden, verstehenden Akzeptanzakt einforderte, das Wettern und Schimpfen gegen sich selbst nicht verbieten musste. Sloterdijk war das natürlich alles viel zu bieder. Sloterdijk wollte eine Philosophie, die nach Art der Kunst leuchten sollte, sie tats dann zwar gerade nicht, weil sie ihr eigenes Möglichkeitenmaximalum in eben dieser sich selbst verfehlenden Ambition verfehlte, aber was sollte einzuwenden sein, die alte Formel, gegen maßlos falsche Ambitionen, wenn sie diesen sloterdijkschen Irrsinnsindex doch wenigstens hatten und auch noch das Beste forderten, was auch Kunst nicht schöner hätte fordern können, dass man kurz, für ein paar Zeilen lang, die das Gedicht von Rilke, egal wie kitschig, dauerte, erwägen könnte, ob man vielleicht nachher irgendetwas, heute mal Wasser, nicht Apfelsaft, morgen Rotwein statt Tee, im eigenen Leben, Motto: du musst dein Leben ändern, gegen die automatische Sofortantwort: WIESO!, an diesem Leben einmal probeweise für ein Momentchen ändern könnte. Vielleicht ja aber auch doch erst lieber morgen, wenn es dir nichts ausmacht. Einen solchen Verbalstabilisator also für das, was ist, für die bestehenden Verhältnisse, und in ihnen gleichzeitig gegen sie anrüttelnd, per Buchtitel in die Welt zu setzen, was sollte falsch sein daran? Moment, da muss ich kurz überlegen.

Antwort kommt. Stand an der Toilettentüre. Patrick Bahners hielt einen Vortrag über Kohl. Ensorsche Gespenster standen um den Ofen dort herum, um sich zu wärmen. Bahners: Die Alternativlosigkeit der bestehenden Ordnung kränkt den Verstand, der seinen Ehrgeiz daransetzt, nichts als gegeben hinnehmen zu müssen und alles wegdenken zu können. Was?, wie?, wieso denn wegdenken, Moment, dachte ich, ist doch genau umgekehrt; und dann, neinnein, stimmt schon: das ist die Definition des Spießers, das ist diese Spießerwelt, in der geistig, wie daheim, immer noch bisschen Geschirr von Bollhagen aus diesen behütet verklemmten Provinzkindheiten rumsteht, weil Infantilismus und Größenwahn sich im gut abgerundeten Mittelmaßgeschmack für Menschen ohne; die Tür ging auf, die Tür ging zu, Tirade hatte sich erledigt.

Thomas Middelhoff war im Anzug gekommen, er stand auf seinem Hocker und rief zu Döpfner hinauf: haben Sie auch schon die Penisverlängerung von Zanetti? Döpfner trug natürlich Zanoni, die hatten ganz andere Maßanfertigungen und Stoffe, auch die Verarbeitung war natürlich eine ganz andere Liga, aber für einen hochgestrampelten, naja, einst ja richtig hochgeschossenen Aufsteiger-CEO und jetzt tief, aktuell gerade auf ein besonders schmerzliches Zwischentiefsttief gefallenen Ex-und-ex-Chef wie diesen crazy clownhaft ewig grinsenden sogenannten TM mit seinen TM-Manschettenknöpfen, mittels deren er, falls ihn irgendwo jemand fragt, wer er ist, immer gleich nachschauen konnte, musste nur die Hand nach außen drehen, das Hemd ein bisschen hervorrutschen lassen, und schon konnte er da ablesen, wer er ist, merkt auch kaum einer der Gesprächspartner, das sind so die kleinen Unternehmertricks, er selber musste sich immer nur eines merken, nicht Thomas Mann, ich bin der andere TM, schon war er bei sich, bei Middelhoff, und für so ein trauriges Würstchen war natürlich Zanetti, aus Sicht eines ganz offensichtlichen Zanonimannes wie Döpfner, genau die richtige Marke. Der gute Anzug, der Abgang hinten an den Schößen, die Nähte vorn am Frenulum, die Schlagzahl der Stiche ums Furchum und an der Dorsalkrümmung etc, das war natürlich eine ganze Pseudowissenschaft für sich, sie wurde in Auftrittsberufen besonders gepflegt, bei Wirtschaftsbossen, Rechtsanwälten, Politikern und Journalisten, für Menschen mit Berufsinhalt, Ärzte, Lehrer, Forscher aller Art, war das Unsinn, falsche Übertreibung, das gute Hemd, die guten Schuhe, man sah sie da stehen und reden und sich toll fühlen in ihren lächerlichen Anzügen, und dachte einfach nur, ihr seid ja richtig blöd.

·

Hier trat nun Diekmann, diesmal ohne Broder, der ausgewiesene, zu Bild vertriebene Taz-Experte für Penisverlängerungen, dazu und stellte, wie willst du das noch poppen?, den kannten wir schon, ich auch, ein Gläschen von dem berühmten Scheidensekret von Lady Bitch Ray aufs Tischchen, er hatte da einen privaten Sonderdeal mit der von ihm sehr geschätzten Underground-Künstlerin, die er auch manchmal in ihrem Atelier besuchte, um bei ihrer Kunst ein bisschen von der anstrengenden Bild-Schlagzeilen-Arbeit aus- und abzuspannen, die ihm auch noch aus der Psychiatrie, wo sie sich zur Zeit auf ihr, von ihr sogenanntes Fotzenexamen am HIS vorbereitete, wöchentlich ein genügend großes Gläschen zukommen ließ, so dass er seine Haare täglich damit richtig schön fett einölen konnte. Diekmann: da ist immer von Gel die Rede, was die Leute nicht checken, dass das zwar wie Öl ausschaut, aber weder Öl noch Gel, sondern in echt echter Schleim ist, der natürlich auch ganz anders glänzt und leuchtet und wirkt, fragen Sie mal zu Guttenberg, was der nimmt, gerade wenn man ihn sich oben am Kopf, vorallem auch vorne, in die Haare schmiert, und zwar so ordentlich und viel genug, um auch diese letzten verklemmten Letzt-68er, die Deutschland bekanntlich in ihrem grausamen Würgegriff halten, ein bisschen zu provozieren, ist Fleischhauer eigentlich auch Schleimträger, das weiß ich jetzt gar nicht, da müssten Sie nachher meinen Assistenten, ich glaube den kennen Sie, den Uli Macholdt, anrufen, der wird Ihnen da sicher gerne und kompetent weiterhelfen, ich selber muss mich jetzt leider hier verabschieden, ich habe heute Abend noch vorne AM BALKEN ein, zwei, drei Fotzenexamen für die morgige Bild abzunehmen, Ihnen allen einen schönen Abend noch, guten Tag.

Herr Schröder, An der Zeitmauer, Ihre Einschätzung, hat Jünger den Nobelpreis zurecht bekommen, vier Sätze! Schröder: wissen Sie, Jünger war ein Talent, gar keine Frage. Ich habe ihn gekannt, wir haben gesprochen, wir sind uns begegnet, das gehörte in dem Fall zu meinem Amt. Ein eindrucksvoller Mann, das muss ich sagen, ob er aber auch ein Philosoph gewesen ist, ein Denker eigenen Rechts, ich glaube, das müssen andere, die das besser wissen, besser beurteilen können, ich hätte da jedenfalls meine Zweifel, mehr aber auch nicht. Zu Ihrer Frage konkret: die Zeitmauer, ja, ich kenne sie also so ungefähr, im Einzelnen hatte ich noch nicht die Gelegenheit, dieses hochaktuelle Werk jetzt zu studieren, glaube aber doch sagen zu können, dass ich mir fast sicher sein könnte, Sie sehen, der Zweifel, dessen bester Teil mir die Begegnung mit den Künstlern, den Malern vorallem, Sie wissen, dass ich Immendorff sehr geschätzt habe, sein Werk natürlich, ihn als Person nicht weniger, gar keine Frage, Jünger ist ein über alle Debatten, gerade auch im Streit; Moment, ich höre eben, Loriot beginnt zu sprechen, da muss ich gleich im Anschluss ein paar Takte dazu sagen, bitte um Verständnis, guten Abend.

Herr Richter, Künstlerfürsten, die Ausstellung, was sagen Sie dazu, man hat Sie selbst ja auch schon so manches Mal als einen Künstlerfürst bezeichnet. Richter: ich muss Ihnen sagen, ich schätze den Begriff nicht so sehr. Mit dem Absolutismus ist das so eine Sache, man weiß, wie das geendet hat, gerade für so manchen Fürsten, Kaiser oder König, und ich weiß nicht, wer wollte das heute schon zu sagen wissen, ob wir hier nicht die ersten oder letzten sein werden, die demnächst als Verräter an die Laternen geknüpft werden, nur weil wir die falschen Socken tragen oder falsche Lieder singen, von den falschen Bildern, die wir vielleicht malen oder auch nur malen werden, von den schon gemalten ganz zu schweigen, ganz zu schweigen, das heißt, ich sage und will sagen, und das hat sich in all den Jahren und durch den Erfolg auch nicht im mindesten geändert, wir malen und müssen malen, was kommt, das habe ich vertreten, diesen Radikalismus, mancher Neider mag da seine Beine sich bepissen, das war und ist für mich von keiner Relevanz, im Gegenteil. Zu der von Ihnen erwähnten Ausstellung muss ich sagen, ich gucke mir diesen Dreck nicht mehr an, es gibt Provokationen, da können Sie gar nicht dagegen an, das lässt man einfach, wie sagte mein Kollege Lüppertz, abtropfen, da spannen Sie den Regenschirm auf, da gehen Sie weiter, da nehmen Sie keine Notiz, das wäre falsch, das hemmt Sie nur, das bringt Sie nicht nach vorne oder oben. Joop, hinzutretend, nach 33 bis 45 Millisekunden des Zuhörens: Sie sagen es, es gibt einen deutschen Geist, der nur die Destruktion kennt, das kennen wir, das hatten wir, das brauchen wir nicht wieder, und das müssen wir uns auch rein vom Geleisteten her heute gar nicht mehr in dieser Form von irgendwem Dahergelaufenen bieten lassen, wenn das nur in dieser altbekannten und gehässigen, niederträchtigen Weise über denen ausgegossen wird, die für dieses Land auch mal im Ernst mit ihren Sachen nach vorne gegangen sind, das ist in der Mode, da werden Sie mir sicher recht geben, nicht anders als in der Kunst, da kennen wir uns nämlich ein bisschen aus, nicht wahr, und dabei haute er dem Richter freundschaftlich auf die Epauletten. Richter stand etwas angewidert daneben und sagte zur Joopsuada, die sich hier über die Umstehenden jetzt gleich die nächsten Minuten rand- und ritterlos am Herunterergießen sein würde, selber gar nichts mehr, schaute allerdings wenigstens, das war sein Körper ihm nach all den Jahren doch noch schuldig, diese Wahrheit, ein bisschen traurig und betröppelt.

Frau Pohl, die neue Taz! Werden Sie weiterhin die gute Nachbarschaft zum Axel-Springer-Verlag und der Bild-Zeitung pflegen? Pohl: Gibts da eine gute Nachbarschaft? Ich finde, was dort in manchen Blättern passiert, nicht nur ärgerlich, sondern richtig abscheulich, und da bin ich ziemlich strikt und wenn Sie so wollen humorlos, was meine Grundhaltung angeht.

Herr Döpfner, Serners Hasstheorie, eine Gemeinheit? Döpfner: Natürlich, aber nicht ohne Menschenkenntnis, er fordert uns in etwas zynischer Abgekühltheit ja dazu auf, unseren Hass niemals zu zeigen, zeigen Sie niemals Ihren Hass, verraten Sie sich nicht, jedes Hassgefühl, das Ihr Gegenüber Ihnen nicht vom Gesicht, das Sie am besten immer kühl und lächelnd vorweisen, ablesen konnte, weil Sie diesen Hass in sich selbst zurückgehalten haben, stärkt Sie und Ihr Gefühl der Überlegenheit von innen, da hat er recht, das ist natürlich so, zu diesem Mittel kann man, manchmal muss man dazu greifen, und wenn die Zahl der Neider dennoch zunimmt und die Angriffe gegen uns sich häufen sollten, sollten wir ganz ruhig VERACHTUNG zeigen, Verachtung erweckt den Eindruck, dass es gefährlich sein könnte, dass man sich unseren Hass zuzieht, und je kälter wir in unserer so sichtlich zur Schau gestellten Verachtung wirken, so Serners Beobachtung, der man nur beipflichten kann, weil sie richtig ist, umso bedrohlicher auch.

Sie können die Gasmaske jetzt abnehmen, Herr Hitler, der Angriff ist, soweit ich sehe, überstanden. Hitler: Ist die Krise denn vorbei? Stauffenberg: Ja, mein Führer. Hitler: Sehr gut, dann können Sie anspannen lassen, Stauffenberg, ich will mir diesen überall derart hochgejubelten Film mit eigenen Augen anschauen, wie heißt der noch? Stauffenberg: Herr Hitler, auch wenn Sie mich dafür erschießen lassen werden müssen, muss ich Sie leider davon in Kenntnis setzen, dass in dieser Aktentasche hier, die den Ausruf meiner letzten Worte, es lebe das Heilige Deutschland! Hitler: Reden Sie keinen Unsinn, Stauffenberg, sonst werden Sie erschossen. Los.

Herr Walser, Sie haben der Kanzlerin geschrieben! Walser: Das ist richtig. Schweigen, dann: Und?, Ihre Frage? Frage: Wie soll es weitergehen in Afghanistan? Walser: Also bitte, das geht mir zu weit, das ist mir wirklich zu primitiv, da fragen Sie nun wirklich den Allerfalschesten, ich habe mich seit Jahren aus diesen Meinungskämpfen in einer derartigen Unbedingtheit zurückgezogen, da können Sie mir meinethalben mit dem alten Goethe kommen oder diese Unterschiede auch hier für sich vergleichen, es sind mir jedenfalls diese fürchterlichen Meinungshuber und Soldaten dieser unserer heutigen Meinungsgesellschaft, die sich da bei uns ganz allgemein und im Journalismus natürlich in den letzten Jahren ganz im Besonderen derart BREIT gemacht haben, dass nicht einmal mehr ICH unter meinen Augenbrauen da darüber hinauszuschauen die Lust habe manchmal, ich spreche von Liebe, Angst und Blüte, Brunnen, Glut und Boden, das sind Themen, die mich heute noch beschäftigen, und wissen Sie was, ich weiß nicht, wie alt Sie sind, ich habe nicht nur keine Lust mehr auf diese Diktatur der Meinungsknechte, ich habe schlicht und einfach auch gar nicht mehr die Zeit für einen solchen von Ihnen hier wieder, und das ist natürlich typisch auch wieder ganz genau, dass einem das bei der Faz ausgerechnet wieder derart um die Ohren gehauen wird, ohne mich im Mindesten noch zu berühren, und jetzt darf ich mich bedanken für Ihre hochinteressante Frage und Ihnen einen guten Abend wünschen. Nahm seinen Hut, setzte ihn sich auf, schwungvoll tat er den Schal um seine Schultern und rauschte und dampfte, schnaubende alte Lok, die er war, ab und davon.

Wir sind in einer Empfehlerkultur angekommen, sagte der Vorsitzende des Buchclubs Bertelsmann, Adolf von Thadden, zu dem Vorsitzenden der Gartenlaube Wieperswede und Worpswede e.V., Moritz Rinke, das ist verheerend für unser Geschäft, es gibt keine ordentlichen Debatten mehr über Literatur, das vermissen die Leute, wissen Sie, wir sehen das hier an den Zahlen, die empfohlenen Bücher werden nicht mehr gekauft, die Leute kotzt dieser Schleim, Rinke fasste sich entsetzt ins Haar, nein, kein Schleim im Haar des Rinke, Rotweinzotteln und Gelächtertrigger, wie gehabt, er zog an einer seiner Zotteln, und das Gelächter bellte auch schon los.

Was gibts denn hier zu lachen? Joachim Lottman war aufgetaucht. Eine große Stille war eingetreten. Der Meister des paranoischen Hyperrealismus himself wirkte, ebenfalls wie immer, frisch, tänzerisch, der Leichteste unter uns Schweren, die Popmaschine der Wahrheit, Joachim! Dein Eindruck? Joachim Lottmann: Schau dich um, Rainald, es sind alle da, alle, aber ich muss dich tadeln wegen deiner Unpolitischkeit in den entscheidenden Fragen. So positionslos kann da heute keiner mehr. Aber Lojo, fiel ich ihm ins Wort, du selbst hast früher als schlimmstes Boulevardschwein, egal wie ironisch. Gleich wieder Joachim Lottmann: der Schnee von gestern, wir müssen uns um die Gegenwart kümmern, die Gespenster bannen, zeigen, zum Reden kommen lassen, komm, ich geh mal eben vor. Er ging sofort los, und eine Wahnsinnspanik war mir ins Gesicht, in den Kopf, ins letzte Gehirn gefahren. Ich hatte eine unfassbare ANGST vor Joachim Lottmann. Wahrscheinlich, dachte ich jetzt, hinter Lottmann hergehend, haben die Leute vor mir genau dieselbe Angst, wie ich sie vor Lottmann habe, die Angst vor Lüge, die Angst, Figur zu werden, die Angst, missbraucht zu werden. Und sie hatten recht, dachte ich, ich selbst hatte eine ähnlich Angst, wie ich sie vor Joachim Lottmann hatte, genau genommen auch vor mir selber, ja natürlich, denn das meiste Beobachtete und Gedachte, das ich in mir und in meinen kranken Innenfiguren feststellen konnte, war von einer derartig abgründigen Boshaftigkeit, tatsächlich konnte ich es da mit jedem realen Weltbösewicht aufnehmen, aber da sah ich, wie Lojo sich nach mir umgedreht hatte, aufmunternd, leider wieder völlig künstlich theatralisch aufmunternd, aber eben doch zugleich auch genau so aufmunternd gemeint mir zugenickt und mit seinem Gesicht nach vorn gedeutet hatte, und so ging ich, von ihm doch irgendwie auch angesteckt, hinter ihm her. Dann an der Bar: Lojo, wie erklärst du dir diese Niedertracht im linken Milieu? Er: davon ist mir nichts bekannt.

3. DDR 2008

»neue Hymnen, alte Lügen«

LENIN

Wir redeten sofort über Tellkamp und seinen Turm. Ich hatte das Buch gerade fertiggelesen, und beim Anblick von Peter Richter an einen Abend bei Markus Peichl in einem Vorort bei Potsdam denken müssen, wo ich mit Thilo Wermke und Peter Richter auf der Wiese beim See gestanden war, und die beiden hatten über ihre Kindheit und Jugend in Dresden geredet. Es war der Abend, an dem der erste Schundroman von Kristin Rübesamen, die ich quasi aus meiner eigenen Kinderzeit in München gekannt hatte, *Später, Baby* war der Titel des Romans, der in allen Feuilletons von Freunden von Kristin wie wild gefeiert, von ihr selbst auf Bestsellerkurs gesetzt worden, aber letztlich erfolglos geblieben war, mit einer Lesung von ihr und ihren Kindern, ja, verrückt, präsentiert und vorgestellt worden war, das lag schon paar Jahre zurück, und so konnte ich mich im Einzelnen nicht mehr an das damals von Thilo Neu und Ripe Richter über Dresden Erzählte erinnern, aber dass zwei so angenehme Zeitgenossen wie die beiden ausgerechnet Dresdener, und das natürlich auch mit Stolz waren, hatte mir Dresden auf einen Schlag mehr nahegebracht, als ein ganzer, nicht unwichtiger Verwandtschaftsast meiner eigenen Familie, die natürlich auch noch ausgerechnet auf dem Weißen Hirsch, Sonnenleite 13, ihr Sommerhaus gehabt hatte, und zwar seit Ende des 19. Jahrhunderts, wo der legendäre Johann Holtrop, einer meiner vielen Vorurgroßväter und der Erfinder des sogenannten Heliotrops, einer Lichtmaschine zur Behandlung schlimmster Depressionen, sich mit Anfang 50, nach Fahrten durch alle Welt und Handelsaktivitäten in Paris, Chicago, New York, von wo überall her er Briefe an seine Frau, die ich im Henkerzusammenhang alle gelesen, entziffert hatte, geschrieben hatte usw, sich also niedergelassen hatte wegen des damals in Dresden so besonders außerordentlich guten Wassers, Dresden, Breslau und München waren in Frage gekommen, in Dresden hatte er sich dann also niedergelassen als junger Rentier, ein Panorama hatte er auch betrieben usw, aber all das war irgendwie abstrakte Historie für mich geblieben, irgendetwas Unvorstellbares und letztlich auch irgendwie Uninteressantes, aber nur eine halbe Stunde Text von Ripe über Dresden und der Abgleich der Erinnerungen zwischen Thilo und ihm vorallem auch hatten mir diese Stadt, das Leben, Denken und Sein dort in einer unglaublich interessanten, natürlich für mich als Außenstehenden nicht nachvollziehbaren, nicht verstehbaren Weise vor Augen geführt, als Sehnsuchtsbild, mehr darüber wissen zu wollen, und davon eben, von der Konkretisierung dieser Sehnsuchtsahnungen über Dresden war meine Lektüre von Tellkamps Turm so stark belebt und innerlich, von innen her für mich animiert worden. Dauernd dachte ich beim Lesen, endlich lese ich mal einen Roman von Thomas Mann, endlich kann ich es aushalten, endlich gelingt es mir, durch den Sprachmüll hindurch zum Bild zu kommen und mich für den Sagaquatsch auch noch zu interessieren, endlich, und dabei lag ich unendliche Stunden im Bett, lesend, stundenlang, tagelang nur lesend, verstehe ich diese Schinkenfaszination, Blauwale heißen die Dinger bei Tellkamp, Blauwale hatte er selber immer lesen wollen, und jetzt den schönsten Gegenwartsblauwal selber phantastischerweise geschrieben. Ripe hatte das Buch natürlich angeschaut, aber ebenso natürlich nicht gelesen, also nicht durchgelesen, als normaler Mensch in Lohn und Not, in permanenter Artikelproduktionsdrucknot nämlich, kann man solche Bücher, man muss ja auch noch dauernd selber welche schreiben, zusätzlich zu den Artikeln, natürlich nicht lesen, aber eine Meinung, ein paar mitteilbare Sätze dazu, ein bisschen Resonanz vom nicht gerade schwachen Ripe-Ego, dafür hatte das Blättern im Turm natürlich dicke gereicht, und ich bremste also schnell meine Ausführungen über die Sprache, über die ich am liebsten in Sachen Turm geredet hätte, weil ich mich selber so sehr wunderte, dass man eine Sprache so falsch finden kann, diese ganzen Gewähltheiten des Ausdrucks, das Verzuckerte und Gedrechselte, es war ja alles in den Kritiken genug gepriesen und attackiert worden, die in der Sprache selber liegende, von ihr fast schon aggressiv betriebene VER-LANG-SA-MUNG, furchtbar, Folter, dass man also auf der Ur- und Erstebene des Literarischen so unglaublich gequält werden kann, und dennoch, auch ohne die geringsten selbstquälerischen Tendenzen zu haben, mit dem Ganzen der Sache des Romans doch mit der allergrößten Begeisterung mitgeht, weil ich also mit Peter Richter, dem die Sprache des Turm wahrscheinlich eher komplett egal war, darüber nicht reden konnte, ließ ich mir von ihm nocheinmal, das hatte ich mir zuvor gegen Ende des Romans auf Google Earth genauer angeschaut, die einzelnen Ortsteile und ihre höhere und tiefere Bedeutung in der Umgebung des Weißen Hirschs erklären, ich hoffe, ich sage nichts Falsches, Ripe kommt aus Oschwitz und hatte bestimmte Richtigstellungen daran anzubringen, wie Tellkamp Oschwitz, das war bei ihm ja wohl Ostrom gewesen, im Roman vorkommen hat lassen. Und ich verstand die Ausführungen des Ripe dazu genauso wenig wie zuvor die von Uwe Tellkamp, aber es fühlte sich außerordentlich angenehm an, in dieser Weise jetzt hier über Dresden wieder von einem Kenner und Wissenden mit Informationen an- und zugetextet zu werden. Groß stand er da, das Hemd natürlich offen, und redete, und ich stand daneben da, das Hemd wie immer unoffen, und hörte fröhlich zu. Lesen macht schon den größten Spaß, aber über Literatur zu reden ist fast genauso gut. Die Literatur hatte für mich auch diesbezüglich den Ort eingenommen, den früher das Fernsehen bei mir innegehabt hatte, dessen also, was ich am meisten am Machen und Tun und zur Kenntnis Nehmen war und worüber ich am liebsten redete. Eigentlich hatte ich überhaupt erst in den letzten Jahren richtig zu lesen angefangen, Literatur hatte mich früher komplett gelangweilt, tausendmal lieber als irgendeinen vielgepriesenen Roman hatte ich jederzeit irgendeinen hyperapokryphen Theorieaufsatz von, ja, tschuldigung, Luhmann, den irgendjemand in irgendeiner Zeitung zufällig erwähnt hatte, dann studierend und in Hyperzeitlupe selber auch gelesen, und abends an die zehn Stunden Fernsehen geschaut, naja, sieben bis eins, wieviel ist das, sechs Stunden täglich TV, bis mir der traurige Unterschichtenschmutz, wie so vielen anderen auch, schon aus der Kalotte am Quellen war und keinen Spaß mehr gemacht hatte, und ich dann, wie es bei Bernhard in den einschlägigen Plötzlichkeitsverherrlichungen immer so schön heißt, von dem berühmten einen auf den anderen Tag damit also einfach aufgehört hatte, nichts leichter als das, und endlose Abende in geistiger Freiheit, mit einem Buch in der Hand und dieses Buch lesend im Bett, waren mein Leben geworden, in einer fast schon DDR-haft mich anmutenden Verkrochenheit vor der

Welt. Das war das Tolle am Turm, die stimmungsmäßige Klaustrophobie der späten 80er-Jahre-DDR aufs Deprimierendste wirklich vorgeführt zu kriegen, diese DDR und diesen Scheißstaat hätte ich mehr gehasst als die eben erst zu Ende gegangenen, hysterisch auftrumpfenden, geldspritzenden und vor allgemein aufgezwungener, überall brutalstens sich selbst feiernder Zustimmungsbegeisterungserzwingung nur so triefenden, ekelhaft vom Schleim der Schleimer und Mitmacher nur so tropfenden, so fürchterlich gewesenen mittleren Nullerjahre hier in diesem DEUTSCHLAND VERRECKE usw, Grausigkeitstiefstpunkt war der WM-Sommer 2006 gewesen, solange der Börsenkurs gestiegen war, so lange war die Welt die Hölle gewesen, so einfach kann man es zusammenfassen, eine Hölle, in der ein Schröder für seinen antidemokratischen Virilitätsexzess am Wahlabend 2005 der Kanzlerkandidatin Merkel gegenüber von anderen männlichen Virilitätstrompeten und der mittleren Dummfrau natürlich auch mit freundlich lächelnder Nachsicht, fast schon mit einem anerkennenden Schulterklopfen rechnen durfte, dass das Volk von Deutschland Verrecke diesem Terror des Faktischen auf demokratische Art ein Ende gemacht hat, ist eigentlich genauso zu bewundern wie die Abschaffung des DDR-Drecksstaats durch die friedliche Revolution, ja, Leute, immer wieder, die beste Revolution des 20. Jahrhunderts hat das Volk der DDR gemacht, in der die dortigen BÜRGER die staatlichen Unterdrücksmaschinerien revolutionär in sich zusammenfallen ließen usw, es war auch eine Vernunft an der Macht dort gewesen, und es hatte sich gezeigt, wie fürchterlich die Unterdrückung des Einzelnen wird, wenn die Vernünftigen ihr Maß und ihre Wahrheit, ihre Politüberheblichkeit in realen Sozialterror diktatorisch umsetzen, was die Realknechte dieser kommunistischen Echtdiktaturen im Namen der Staatssicherheit einzelnen Menschen an individuellem Realterror wirklich angetan haben, wird ja erst jetzt so langsam, siehe etwa Herta Müller, richtig sichtbar, und all das steht natürlich nicht im Turm, der Turm IST diese ganze Welt einfach, man lebt in dem Roman, von Massen von gar nicht erfassbaren Details vollgeballert wie in einer echten Wirklichkeit, eine Art hyperdetailistischer Totalitätsrealismus, und sogar ein begeisterter DDR-Verteidiger wird im Turm noch die Bestätigung dafür finden, dass er die DDR, Stichwort: es war nicht alles schlecht, mit guten Gründen doch so verteidigen kann, dass daraus ein neues sozialistisches Zukunftsprojekt für übermorgen gemacht werden könnte, mit guten Gründen wie gesagt sogar, das ist der Witz, und trotzdem falsch, irgendwo sitzt ein heutiger Adorno und schreibt die neue Dialektik der Aufklärung für heute, und im Turm, der die Rationalität der DDR und die Verzweiflung daran in den 80er Jahren ist, kann er, wird er, ä, ich hatte den Ripe verloren, das sah ich jetzt, wie der arme Ripe mit den Augen unruhig den leutevollen Raucherraum im Hotel de Rome durchsuchte, über mich hinwegblickend, nach jemandem, zu dem er Reißaus nehmen könnte, er kannte das alles eh, das musste er sich von mir nicht erzählen lassen, es war mir aber trotzdem ein Vergnügen gewesen, muss ich sagen, mit ihm hier angesichts von Tellkamps Turm zusammengestanden zu haben, und nachdem der Ripe verschwunden gewesen war, sah ich, wie –

Maxim Biller, hingegossen in die Sesselwelt direkt neben mir, mich freundlich anschaute, und wir rauchten zusammen eine, wie in alten Münchner Zeiten, redeten über SCHREIBEN HEUTE, seine Kolumnen, die Zeit und Thomas Bernhard, und wie Helge Timmerberg am

Ende seiner Reise um die Welt hätte ich unser heutiges Berlin nur so besingen mögen, wo all das sich abspielte, auf die denkbar alleralltäglichste Art.

4. Revolution und Politik

Es konnte nicht ausbleiben, obwohl ich damit zuallerletzt gerechnet hätte, plötzlich stand der leibhaftige Schirrmacher vor mir und textete mich an. Ich war derart baff, aber natürlich auch sofort von Freude so durchzuckt, dass sein erster Satz, der sicher exzeptionell passend gewesen war, vom retrograden Erregungsdelete erfasst und leider gelöscht worden war, ich kam zu mir, wie er immer wieder darauf bestand, dass ich mich hier auf diese seine Party ohne Einladung, im berühmten Schlepptau irgendwelcher Frauen ganz bestimmt auch noch ja nur mich befindend, *eingeschlichen* hätte, ich hätte mich hier *eingeschlichen*, das fand ich so crazy und irr, das Wort, die Vorstellung und sein hilfloses Insistieren darauf, wie er immer wieder damit ankam, um mit diesem einen kleinen Scherzchen, das ein anderer Mensch einmal gemacht oder vielleicht auch nur ein halbes Mal angedeutet oder auch gleich ganz übergangen hätte, aber bei Schirrmacher gibt es alles nur in XX-Large und ultrafett und riesengroß, die zwischen uns bestehenden Gräben, Gebirge und Distanzen aufzufordern, kurz mal ein bisschen zur Seite zu gehen, um mit mir hier probeweise direkt Kontakt zu suchen. Der Mächtige darf zwar jeden ansprechen, muss aber sicherstellen, dass die ihm möglicherweise retournierten Abfuhren, die ihm in Reaktion auf eigenes Arroganzverhalten zurückgegeben werden könnten, ihn nicht erreichen können, da ja nicht er selbst der ist, der da anspricht, sondern die Scherzfigur, die er benützt. Hinzu kommt die Faz-Kultur-typische Fundamentalverklemmtheit, man muss sich nur mal das Gesicht von Patrick Bahners wirklich auf der Zunge zergehen lassen, dagegen ist Schirrmacher fast ein Salonlöwe, halt ein verklemmter, aber weil ich selbst natürlich auch, wie eigentlich jeder intelligente Mensch erstmal, das hat mit einer die Körperexpressivität überfordernden inneren Überfülle an Verbalität zu tun, erstmal ein verklemmter Mensch auch bin, allerdings ohne das zum Normalhabitus zu erklären wie die Faz-Kulturspasten in ihrem Kollegen-Wir, war ich von Schirrmachers Klemmauftritt, die Stunde war spät, das Bier war schon geflossen, das hilft ganz generell in diesen Situationen auch, prompt auch mehr gerührt als abgestoßen. Außerdem kannte ich von früher Schirrmachers Witzelzwang, er hatte mich früher, noch im alten Jahrhundert, damals hatte er die damals gerade aktuellen jungen Popeleven um sich geschart, bald auch eine von ihnen zu seiner Frau gemacht, wenn wir uns irgendwo, etwa im Frankfurter Hof auf der Buchmesse spät nachts gesehen hatten, immer als »Frau Koelbl« angesprochen, auch das musste er damals schon jedes Mal fünf Mal wiederholen, als wäre der Scherz so kompliziert, dass man ihn nochmal und nochmal machen müsste, ein Witz über mein Fotographieren, die Gesellschaftsfotographie-Idee, die ich seit der großen Zeitenwende um 99/00 herum für mich nebenher verfolgt hatte, deshalb war ich also, für mich natürlich sowieso ein Ehrentitel, für Schirrmacher »Frau Koelbl« gewesen, und jetzt auch nicht erstaunt, dass er zum Auftritt einen Scherz machen musste, den Scherz, ich hätte mich hier *eingeschlichen*, ja, crazy, anstatt einfach nur zu sagen: wir haben Streit, Herr Goetz, gut, dass ich Sie hier mal treffe. Weil genau das die reale Aussage seines Auftritts aber gewesen war, ganz unabhängig vom verbal Gesagten, war ich auf dieses Gesprächsangebot freudig sofort eingegangen und hatte, weil mir selbst die Ebene des Scherzens nicht zugänglich ist, auch so ein Alltagshandicap, das Gespräch sofort ins Ernste, auf den inhaltlichen Kern meiner Kritik an Schirrmacher, den vorschriftswidrigen, weil geistwidrigen Missbrauch seiner Macht, zu führen versucht. Aber so schnell schießen die Frankfurter nicht, immer noch gings weiter mit den Scherzen, jetzt über Macht überhaupt, als würde es dem Mächtigen unmöglich sein, seine eigene Aktionsposition der Macht für sich selbst auch anzuerkennen, weil die daraus folgenden Probleme, die Reflexion auf sich selbst, die Freiheit des eigenen Handelns, die blind sein will, auf unerwünschte, zu vermeidende Weise einschränken würde. Nur in den rot-grünen Jahren gab es kurz einmal den Versuch einer direkten Affirmation der Macht, und man konnte an Schröders Beispiel gut sehen, dass sogar in der Politik der Wille zur Macht so direkt nicht affirmiert werden darf, weil die Macht sich mit dieser Selbstaffirmation selbst gefährdet, sogar selbst zerstören kann. Also gut, ich langte in mein Jackett und holte die Einladungskarte heraus, ein wirklich wunderschönes Stück Papier, mit einem herrlich gedruckten Einladungstext und den drei mit einer herrlichen Schreibschrifthandschrift in die Mitte in Blau geschriebenen Worten meines Namens. Schirrmacher schaute darauf, anstatt mit einem lässigen Gegenscherz hatte ich mit einem Dokument geantwortet, mit Wahrheit schlechthin, das musste er erstmal irgendwohin wegstecken, das sah ich, das irritierte ihn, nicht dass ich mich nicht *eingeschlichen* hatte, sondern dass ich so banal, so simpel und aufrichtig geantwortet hatte. Und als wäre dadurch auch in Schirrmachers Kopf ein Schalter umgelegt worden, kam es in den folgenden fünfzehn, zwanzig Minuten zu einem für mich sehr erstaunlichen Gespräch, ich hatte kurz zuvor erst Joachim Kaisers Erinnerungen, die den nicht so schönen, auch nicht wirklich zutreffenden Titel *Ich bin der letzte Mohikaner* hatten, gelesen, Kaiser hatte dem SZ-Magazin zu seinem 80. Geburtstag außerdem ein hochinteressantes Interview gegeben, für das Titelfoto hatte er sich von den Magazinleuten leider zu einer unfassbar grausigen Indianerverkleidung überreden lassen, die in mir eine absurde Totaltraurigkeit hervorgerufen hatte, als wäre das Alter der Ort, wo man dann von den Jungen am Nasenring in die Arena geschleift wird, damit vor aller Augen die Gegenwart, die vor allem das geleistet hatte, selbst noch jünger zu sein, einem das einstmals so schön gewesene Gesicht mit Brutalität und Gemeinheit kaputt trampeln darf, und all das natürlich auch wieder im Namen der Lockerheit, die nazimäßig von jedem heute, wie damals die Parteizugehörigkeit, gefordert ist, für jeden noch so blöden widerwärtigen Scherz zugänglich zu sein usw, dabei hat Kaiser eine erschütternde Botschaft zu überbringen, und sie ist so wahr wie früher seine Feuilletons: es ist die HÖLLE, nicht mehr jung zu sein. Selten hat ein blühend sprühender Kreativer so schonungslos Zutritt zu dem gegeben, was jeden erwarten könnte, der einmal Blühen und Sprühen war, echte Verzweiflung des Alters. Aber Kaisers Leben gibt heute, im Hochpunkt seiner Neige, auch nocheinmal Anlass, über eine andere problematische Fundamentalkategorie, die Eitelkeit nämlich, nachzudenken, sie sollte sich ja nicht nur mit 24, 44 und 62 gut anfühlen, sondern auch noch mit 82, diesen Test müssen die inneren Grundorientierungen, am besten natürlich schon prospektiv, durchlaufen und bestehen, und es spricht sehr dagegen, die Eitelkeit als Motivationsmovens für sich irgendwann im Leben zu bejahen, wenn man sieht, wie fürchterlich grausam sie sich im Alter rächen wird. Jenseits von 80 ist nichts mehr mit Eitelkeit, da kann man sich höchstens noch mit Würde halten, und daran, wie die Eitelkeit zuletzt im Leben die Maske runterlässt und sich in der Fratzenhaftigkeit, die in ihr schon immer auch gewesen war, zeigt, ist ein starker Hinweis zu erkennen, dass man sich selbst mit allzu viel Bejahung von sich selbst, der eigenen Sachen, der eigenen Wirkung, die man hat, in der Welt des Geistes, aber auch der Körper, auf das berühmte andere Geschlecht usw, keinen Gefallen tut, im Gegenteil, sich selbst damit schädigt, ohne sich je zu nutzen damit, denn Eitelkeit hält infantil, das ist gut für Produktion, aber schlecht für den Charakter, das Kalkül ist also simpel und ergibt: wo Impulse der Eitelkeit spürbar werden, tut man gut daran, ein bisschen gegenzusteuern. Diese Lebensweisheit, die einem so extrem klugen, gefühlvoll tiefsinnigen Menschen, um hier mal in kaiseranaloger Terminologie über ihn selbst zu reden, doch eigentlich hätte zugänglich sein müssen, ist dem Joachim Kaiser aber in der Wirklichkeit seines eigenen Lebens tatsächlich nicht zugänglich, ja wirklich offenbar sogar verborgen geblieben. Er hat die Eitelkeit immer bejaht, immer behauptet, und viele haben es ihm nachgeplappert, eitel seien wir alle, gerade die Kritiker, ohne Eitelkeit und Freude an der von einem selbst bewirkten Wirkung käme es gerade auch im Geistigen gar nicht zu den allerletzten Höchstleistungen usw, aber das stimmt nicht, das ist alles falsch, der größte Geist des 20. Jahrhunderts, Niklas Luhmann, war komplett uneitel, und wenn dagegen gesagt wird, was ja bekannt ist, wie extrem eitel Adorno gewesen sei, heißt die Antwort, ja eben, Adorno war auch diesbezüglich, wie in manchen anderen Punkten, zu nahe am Holzweg Heideggers und die allerschönste Ausformung des Möglichen, vielleicht auch mitbedingt durch den Faschismus, das ist klar, jedenfalls nicht. Auch zur Macht hatte Kaiser in altersradikaler Offenheit einige hochinteressante Sätze gesagt, er war Wunderkind, er war berühmt, man wollte es sich nicht mit ihm verderben, er war von Feiglingen und Feigheit umgeben, ich bin, sagte er, seit relativ jungen Jahren eine Figur des öffentlichen Lebens, ich war eine Art Wunderkind, ich könnte jetzt Bescheidenheit heucheln, aber so war das halt, er hätte auch schlechte Kritiken bekommen, aber alles in allem, so sagte er in dem Interview, haben die Leute sich doch gehütet, sich mit einem, wie sie meinten, mächtigen Publizisten nachdrücklich zu verfeinden; alles Dinge irgendwie, die Schirrmacher eine Mahnung sein könnten, weil er, eigentlich als einziger der mittleren und jüngeren Kritiker, diesen Althabitus der Gruppe der einstigen Feuilletonpäpste Kaiser, Raddatz, Reich-Ranicki für sich kultivierte, aber auch in dem eben zurückliegenden einstündigen Interview mit Roger de Weck hatte Schirrmacher auf die wichtigen Fragen zu seiner Machtposition ausweichend geantwortet, zugleich sich offensichtlich davon geschmeichelt gefühlt, das konnte man sehen, der Mächtige hat es gern, wenn er ableugnen kann, mächtig zu sein, das erfüllt ihn viel mehr mit Befriedigung, als wenn er, was sowieso kaum möglich ist wie gesagt, seine Macht einräumen würde usw, aber ich hatte jetzt hier Kaiser in ganz anderer Funktion als Beispiel herangezogen, nicht ohne mich daran zu freuen, zum generationsverrückten Schirrmacher zu sagen, wissen Sie, ich bin etwas älter als Sie, ich habe das in jungen Jahren in München noch selbst erlebt, was für ein Feuilleton nämlich Joachim Kaiser damals bei der Süddeutschen Zeitung gemacht hat, und der Gegenstand der Debatte hier war nämlich: Seriosität. Das war mein Zentralvorwurf, mehr noch als der des Machtmissbrauchs, an Schirrmacher, dass er seines sogenannten Amtes nicht walten würde, wie er es müsste, maximal seriös, der Wahrheit und nichts als der Wahrheit verpflichtet. Es gibt Menschen, heißt es im Winter in

Wien, die als Lüge geboren werden, dann folgt da vieles daraus, für die meisten ist das gar kein Problem, ich weiß, ich rechne mir das alle paar Jahre wieder, für jedes Buch neu jedesmal wieder ganz genau vor, und stehe doch, im Zustand der Schwäche, zwischen den Büchern, in der Sprache, anstatt in der Welt, und von dort her kommt das Problem, dass ich diejenigen, die die Sprache als Werkzeug benützen, Schreiber aller Art, überwertig auf die Wahrheitsfrage hin beobachte und dabei zu hyperscharfen, aber eben oft auch sehr inadäquaten Bewertungsschlussfolgerungen komme, meine ganze Hysteriesicht auf das Feuilleton hat es mit diesem Grundproblem zu tun, und tatsächlich war es in diesem Moment, jetzt, als Schirrmacher, auch das natürlich wieder mehrfach wiederholend, seine Souveränität gegenüber meinen gegen ihn vorgetragenen Angriffen herausstellte und betonte, ich hätte eben eine solche Obsession mit ihm, er aber natürlich nicht mit mir, ihm sei das alles ganz egal, was ich da so zu vermelden hätte, und er führte das aus, und mir fiel lustigerweise ein, dass er mir das vor vielen Jahren schon einmal gesagt hatte, ich hatte es vergessen, er sicher auch, und jetzt erst, wie er da redete, wurde mir das ganze Ausmaß der Richtigkeit des von ihm da eben zu mir Gesagten klar. Ja, ich hatte eine Obsession mit ihm, das hatte ich irrerweise vergessen, ich hatte gedacht, alle Leute würden Schirrmachers Artikel mit dieser Überaufmerksamkeit, die ja doch auch objektiv vom Positionsindex des Sprechers her, Chef eines der wichtigsten Feuilletons einer der wichtigsten Tageszeitungen der Welt, unweigerlich mitgegeben war, wahrnehmen, aber das war natürlich Unsinn, die Welt hatte sich ein bisschen weiter gedreht seit 1972, das war mir irgendwie entgangen, eine Art der Seriosität zu erwarten oder wiederhaben zu wollen, wie sie damals üblich war, hieße auch: eine Art von Hochkulturarroganz und lächerlichster Seriositätsaufgeblasenheit, ein Ernsthaftigkeitswichtigtuertum und Angeberjargongelalle, was ja damals in der zweiten Riege so üblich war wie heute das kleine Witzchen, die ewig fröhliche Lockerheit, die streng über ihre Unverkrampftheit wachende Lässighaltung allem gegenüber usw, und obwohl ich hier jetzt noch, sozusagen aus dem Automatismus des von mir ja wirklich obsessiv in den vergangenen Jahren Gedachten heraus meinen Vorwurf der mangelnden Seriosität der schirrmacherschen Artikel dem vor mir stehenden Schirrmacher mündlich mit verschiedenen Beispielen aus eben diesen Artikeln der letzten Zeit extrem gut darlegen und beweisen konnte, denn selten waren die Artikel Schirrmachers so durchgeknallt gewesen wie im Herbst 2008, war wieder dieser komische Effekt aktiv, dass das schon Geahnte und fast Gewusste nicht schnell genug war, um direkt ins Gesagte übergehen zu können, und so war mir zwar schon ahnungsweise klar, dass meine Vorwürfe gegen Schirrmacher zwar vielleicht schon stimmten, aber eben doch zugleich auch an der Sache vorbeigingen, dass es tatsächlich ganz furchtbar wäre, wenn es das von mir erträumte Zurück in die damalige Seriosität wirklich geben würde, dass man vor Ödnis einschlafen würde, dass jede Forderung nach Zurück reaktionär und scheußlich und allein schon deshalb die Seriositätsidee Blödsinn und Scheußlichkeit war, nein, vorwärts in den Irrsinn, warum denn nicht auch im Feuilleton, in der Kunst ja sowieso, der Irrsinn der Finanzwelt, der einem in diesen Tagen und Wochen des Herbstes 2008 in so grandioser Weise ins Gesicht explodierte jeden Tag neu, war ein herrlicher Weltmotor, er verursacht irrwitzigen Stress, ja natürlich, Leben, Unordnung, Stress, Wahnsinn, die Vernunft muss erst noch geboren oder erfunden werden, die es mit den

Wahrheitskräften dieser ganzen Vitalitätsenergien aufnehmen könnte, all das sagte ich ja nicht, das wäre auch furchtbar, die Irrationalität so zu feiern, ich sagte das Gegenteil, dass wir eine neue Verantwortlichkeit brauchen, auch im Feuilleton, und Schirrmacher sagte völlig zutreffenderweise, dass es ja wohl genügend hochseriöse Artikel bei ihnen geben würde, stimmt, ich glaube, an der Stelle war ich kurz mal geistesgegenwärtig genug, dass das von mir Gesagte auch mit dem aktuell gerade Gedachten übereinstimmte und ich Schirrmacher also kurz mal recht geben musste und konnte. Dieser Moment fühlte sich angenehm an, ich berührte ihn am Ärmel seines silberfarbenen Jacketts, das fiel mir auf, eine Unzulässigkeit irgendwie, ein Verrat an mir selbst, eine Herzlichkeit des Moments und die Wahrheit einer Geste, der Moment von Sympathie, gottseindank haben wir einen solchen Spinner in dieser Position, einen Madman, das war es, was alle, die ich kenne, die bei ihm arbeiten, immer derartig preisen, damit regiert er also, was genau war jetzt nochmal der Vorwurf in Sachen Macht gegen ihn gewesen usw, Rede, Aufregung, Gefühle, das ist das Soziale in seinen besten Momenten, Abschaffung dessen, was man weiß, Belanglosmachung der eigenen Überzeugungen, Marginalisierung jeder Herausgehobenheit einer Isoliertheit einer Wahrheit, eines Ichs, einer Zuspitzung auf irgendeine Radikalität, alles Banane, dachte ich, Rätselstellung Banane. Weil ich so aufgewühlt war, hatte ich Angst, ich würde jetzt ihm gegenüber zu klebrig rüberkommen, zu sehr insistierend ins Reden und Weiterreden, schickte ihn deshalb weg, in die weiten, auch zu dieser vorgerückten Stunde noch menschenbelebten Hallen des Hotel de Rome weisend, bitte, gehen Sie, das fand er natürlich völlig irr, Sie wollen mich hier auf meiner eigenen Party des Platzes verweisen usw, er wollte noch weiter debattieren, vorallem natürlich gehen, wann und wie er will usw, es war schon sehr lustig, es war echt irr. Von hier und heute, das wusste ich in diesem Moment, würde für mich eine Denkaufgabe ausgehen, was genau sie beinhaltete, wusste ich nicht, aber es würde um einen erkenntnismäßigen Nachbau der hier intuitiv erfassten Novitäten, des für mich hier Neuen gehen. Keinen je gehabten alten Gedanken aufzugeben, nichts revidieren, nie ein Einstiges verwerfen, es da, wo es falsch gewesen war, im Weitergehen weiterentwickeln, keine Wende, keine Kehre, kein Zurück, die Länge der Tage, des einen Tages als Vorbild, wie man unterwegs sein könnte, und nachts, in Zettels Nächten, wach, beim Feiern, Reden oder Schreiben, so lebe ich, ich musste an Blumfeld und Jochen Distelmeyers Stimme denken, Stunde um Stunde, einer von vielen, kein Einzelfall.

Party ging noch weiter, zuletzt stand ich lange neben dem Sprecher von Ministerpräsident Tillich, der dem Peter Richter und mir seine Geschichte aus der realen Grauwerterealität von Mitmachen und Nichtmitmachen in den letzten DDR-Jahren erzählte, und dass das alles erst anfängt, jetzt, wo es schon so lange vorbei ist, wirklich sichtbar und sagbar zu werden, erfüllte mich in meiner Aufgeregtheit mit einer solchen Zuversicht, weil die Literatur damit ja auch beauftragt ist, zu erkennen zu versuchen, in welche Richtung die Erfahrungen aus diesen Geschichten weisen, wie die Gesellschaft der Gegenwart ihre Zukunft projektiert usw. Trinken und Rauchen, plötzlich schwindlig sein, servus sagen und nach Hause gehen, danke Herbstempfang 2008.

III

Der Jüngling

»le vent nous portera«

NOIR DÉSIR

1. 1918

Die Geschichte beginnt mit einem Schlag an die Türe, das Geräusch des Klagens hatte aufgehört, ich wendete mich nach hinten um und sah, dass der Bretterverschlag, der hier als Lazarett herhalten musste, weiter mit Verwundeten beschickt wurde, von Ebeling hatte ich heute früh schon gehört, dass unsere Truppen den Ort Écoust, wo es mich vorgestern doch auch noch erwischt hatte, inzwischen ganz geräumt haben, auf die Nachricht hin, dass die Engländer zwischen Courtray und Harlebeke die Lys überschritten hatten, war die uns benachbarte sächsische Kavallerieabteilung bereits abmarschiert, die feindliche Infanterie war auf 400, 500 Meter etwa herangekommen, Artillerie hatte so schnell nicht folgen können, gegen 1 Uhr musste dann aber die Gruppe Höges, die mit ihrem MG-Feuer die heranstürmenden Engländer zuletzt noch niedergehalten hatte, abbauen, und um 2 Uhr nachmittag war Écoust von uns ganz geräumt worden, auch Esmery Hallon musste von der Gruppe Haeseler aufgegeben werden, wobei die Loslösung vom Feind sich geordnet vollzog, die Handpferde der 4. Eskadron waren rechtzeitig heranbeordert worden, und durch erkundete Waldwege wurde, zunächst vom Gegner nicht angegriffen, der Rückzug angetreten. Leutnant Mathaei, so Ebelings Bericht, hatte die Nachspitze übernommen, und in Plessis war dann der dort befehlende Major von Wrede des Grenadier-Regiments 7 eingehend durch Rittmeister Höges informiert worden. Kurz darauf war der Adjutant der Gruppe Hopffgarten, Leutnant Saal, mit dem Befehl eingetroffen, die Gruppe Höges solle sich sofort nach Noreuil begeben, um dort in ein Gefecht einzugreifen, und in den offenbar sehr verlustreichen Kämpfen war auch Ebeling verwundet worden, gottseidank nur mit einem glatten Oberschenkeldurchschuss, so dass wir die weiteren Geschehnisse unserer Leute im Einzelnen nicht mehr kannten. Angeblich sollen wir heute nacht weiter nach hinten verlegt werden, was aber bei dem Artilleriefeuer, dem unser gesamter Abschnitt seit heute nachmittag ausgesetzt ist, schwer vorstellbar ist.

Wenn die Person des Kaisers dem Waffenstillstand im Weg steht und wenn der Kaiser zur Abdankung nicht bereit ist, wenn die Friedenssehnsucht der Menschen auch von der neuen, angeblich parlamentarisch legitimierten Regierung weiter missachtet wird, nur weil niemand in der Lage ist, die Niederlage, die ja längst nicht mehr in Frage steht, in ein vernünftiges Abkommen, etwa auf Basis der letzten Note von Wilson, umzusetzen, dann wird es zu mehr kommen als nur zur Abdankung des Kaisers, dann stehen ein paar grundsätzlichere Fragen auf der Tagesordnung, die von der jetzigen Revolution von oben, wie sie die Oberste Heeresleitung initiiert hat, nicht mehr beantwortet werden, dann wird auch mehr ans Ende gekommen sein als nur die Diktatur des Generals Ludendorff usw, was hören wir von Max Weber, von

Richard Dehmel, warum hören wir nichts vom Dichter der Unterdrückten, von Gerhart Hauptmann, weil sie alt sind alle, so ehrenwert ihre intellektuelle Integrität und Rechtschaffenheit auch sein mag, weil sie den Gedanken an das wirklich Neue, das allein den gesellschaftlichen Zustand, wie er in den letzten Jahrzehnten der radikalkapitalistischen Verrücktheiten entstanden ist, umstürzen könnte, gar nicht mehr fassen, gar nicht denken können, weil auch sie natürlich als Opfer der bürokratisch-militärischen Staatsmaschinerie und ihrer Propaganda das notwendige und kommende Zerstören dieser allgemein-imperialistischen Staaten, die ja nur als Vorbedingung einer jeden kommenden Volksrevolution verstanden werden können, gar nicht sehen, nicht verstehen können usw, und während Kraft so redete und dabei offensichtlich kaum bemerkt hatte, dass wir inzwischen in das kleine, mit Büchern und Flugschriften vollgepackte Zimmer, das er hier jetzt wohl neuerdings bewohnte, gekommen waren, er bei aller Intensität seines Redens auch kaum wahrzunehmen schien, dass ich es war, dem er da seine Ausführungen darlegte usw, hatte mich ein Gefühl fürchterlicher Sinnlosigkeit und Mattigkeit befallen, ich hatte mich auf einen Stuhl, der mitten im Zimmer stand, gesetzt, Kraft ging weiterhin gestikulierend und redend um mich herum, die Revolution war sozusagen der kommende Morgen, das Heute, das wir gleich zusammen herbeiführen und erleben würden usw, und ich versuchte zu folgen, weil es so herrlich klang alles, da schaute mit einem Mal Kraft, plötzlich innehaltend, mir ins Gesicht und sagte: was ist?, was ist mit dir? Da war ich wieder bei mir, war wieder zu mir gekommen, und wir waren kurz darauf gemeinsam losgegangen, quer durch die Stadt, um in Wilmersdorf Mühsam zu treffen.

·

Ich muss mir den Tod nicht einreden lassen, die Gedanken, die den Tod betreffen, nicht verbieten lassen, ich muss dieser Hölle nicht mehr entkommen, durch ihre Feuer gelaufen zu sein mit nackten Füßen quasi bis vor wenigen Tagen, wird vielleicht doch auch einen Sinn gehabt haben, irgendwann, der Zerfall der Sachwelt, wie wir sie gekannt haben, hat sich in jedem von uns noch Lebenden, die die Toten täglich mehr beneiden, zu einer anderen Konstellation der Sichtweisen formiert, ich kann auch warten und nehmen, was kommt, aber auch, eine freiere Simultaneität vor Augen, zur Tat mich wieder stürzen sehen, für immer tot hier liegen bleiben, aufstehen und verschwinden, das ist alles egal, das sind alles sekundäre Dinge, die der letzten Unruhe, die doch bleibt, nur wechselnde Gegenstände liefern, ihren Kern im Inneren gar nicht berühren usw.

Unentdeckt erreichte ich Neu-Ulm, zur rechten Zeit, der Feldwebel hatte nach mir verlangt. Er: Sie haben sich sofort transportfähig zu machen, Sie werden laut Befehl der psychiatrischen Klinik in München überwiesen. In der Klinik selbst war ich von einer jungen Frau empfangen worden. Dieses Verhalten war mir bekannt vorgekommen, aus meiner damals selbst aktiven Zeit dort noch, man versuchte, den Aufzunehmenden so abzulenken, dass er nicht mit Gewalt in Verwahrsam genommen werden musste, die Tritte, Prügel und Stöße mit dem Gewehrkolben, wie sie im Militärgefängnis in der Leonrodstraße üblich gewesen waren, waren ja immer auch eine hilflose Trottelei von den allerprimitivsten Trotteln gewesen, hier brachte man mich freundlich in die mir zugewiesene Zelle, in der ich auf unbestimmte Zeit in Gewahrsam gehalten werden sollte, und dort angekommen, nahm ich sofort Stift und Papier zur Hand und schrieb die bisherige Geschichte unserer Bewegung nieder, die in München, wie auch in Kiel und Berlin, an den Vorbereitungen der in diesen Tagen ja endlich kommenden Revolution entscheidend beteiligt gewesen war. An der Wand hing ein Stich des berühmten Gemäldes von Böcklin, Selbstbildnis mit fiedelndem Tod von 1872, das fand ich eigentlich ganz passend. Nachts studierte ich die Werke von Lassalle, Bakunin, Mehring, die der großen Klassiker und der kleinen Abweichler, und wurde so erst richtig Sozialist.

Von Zuhause waren beunruhigende Berichte gekommen. Die Brüder waren im Feld geblieben, gefangen oder gefallen, das wusste ich in diesen Tagen Anfang November noch nicht, der Vater, ebenfalls zuerst verschollen, hatte den Zerfall aller Ordnung und die Auflösung irgendwo in der Nordukraine am Stochod erlebt und über sich ergehen lassen müssen, jetzt hatte er einen Brief schicken können, der eigentlich ein Testament an die Familie war, eine Klarifikation der Dinge, speziell auch mir gegenüber, die mich bedrückt, weil die Gebrochenheit, deren Anerkenntnis der Vater mir durch diese Mitteilung auferlegt, allem widerspricht, was und wie er war. Es ist ein Untergang der uns bekannten Welt geworden, den wir hatten kommen sehen, weil er natürlich seit Jahrzehnten überfällig war, aber dass er so und auf diese Art, wie es jetzt geschehen ist, kommen würde, hatten wir uns alle hier in der Weise eben doch nicht vorstellen können. Jetzt hat der Kaiser vorgestern wirklich Berlin verlassen! Ja, was soll denn nun werden? Mit dem zerschossenen und immer schlimmer vereiterten Bein liege ich da und schaue durchs Fenster auf das Dach eines dem Krankenhaus hier gegenüberliegenden Hauses, lese. Der Krieg und die geistigen Entscheidungen, Deutschlands innere

Wandlung, Georg Simmels Rede, gehalten in Straßburg, November 1914. Aber es ist, als wären seither Jahrzehnte, Jahrhunderte fast vergangen.

2. Oktober

Meine Damen und Herren, es liegen mir jetzt noch einige Wortmeldungen und viel zu viele weitgehend ausgearbeitete Seiten zum Oktober 2008 vor, ich weiß nicht, wie wir jetzt verfahren wollen, wieviel Zeit ist denn eigentlich noch vorgesehen? – Man hat mich aufgefordert, mich auf diesen letzten Metern kurz zu fassen, dem komme ich gern und aus aktuell besonders totaler innerer Überzeugung nach, je kürzer ein Buch oder auch ein Vortrag, das gilt ja ganz generell, desto schöner für alle Beteiligten, vorallem für die Leser, die Selberleser genauso sein können, wie sie Zuhörer bei einer Lesung oder einem Vortrag sein können, dem war sofort ordnungsgemäß von den Lange-Sachen-Schreibern, Dicke-Dinger-Bringern und Endlos-Vorträge-Haltern und, muss man ja auch sagen, nicht völlig zu Unrecht widersprochen worden, und nachdem so auch dieser kleine Vordisput über Länge, Eiligkeit und Geschwindigkeit des Textes kurz angetippt, erwähnt und einbezogen war, konnte ich nun also an die hier jetzt vorzulegende Zusammenfassung meines Oktoberberichts gehen.

1. Zusammenfassung
2. Bericht
2.b. Panika
3. Oehleneröffnungsessen

Speedzusammenfassung alles, 16.30 Uhr. Schön, wie der Wind manchmal so reinbläst in den SEPTEMBER, ja, es war schön, wie der Wind wehte, durch die Blätter, den Herbst, die Farben, Bäume und Zeiten fuhr, sich dann wieder legte.

36. Woche

1.9. Einbürgerungstests eingebürgert
2.9. Dax 6500, Vorjahr 8000
3.9. McCain nominiert
4.9. Asse II böse
5.9. Lake Katarakt: Stumpf Albert verboten
6.9. Blankarts Öffentliche Finanzen in der Demokratie
7.9. Sonntag am Schwielowsee: Beck weg, Steinmeier kommt

37. Woche

8.9. Fanny Mae und Freddie Mac verstaatlicht
9.9. Bundesregierung verlängert Libanon-Einsatz
10.9. Cern startet Urknallforschung
11.9. Pflüger über Berlin abgeschossen
12.9. Becksteins Oktoberfestbierkalkül
13.9. Beck daheim wiedergewählt
14.9. Sonntag: Vettel siegt in Monza

38. Woche

15.9. Lehman Brothers insolvent, Merrill Lynch verkauft
16.9. Damien Hirst Auktion bei Sotheby's, AIG verstaatlicht
17.9. Porsche übernimmt VW
18.9. Notenbanken pumpen weltweit 180 Mrd Dollar in die Märkte
19.9. US-Regierung will den Banken 700 Mrd Dollar stellen
20.9. Autobombe vor dem Marriott in Islamabad
21.9. Goldman Sachs und Morgan Stanley

werden reguläre Banken

39. Woche

22.9. Herbstanfang
23.9. Amoklauf in Finnland
24.9. Aso in Japan neuer Premier
25.9. Der Baader-Meinhof-Komplex als Film
26.9. Südafrikas Mbeki gestürzt
27.9. 30 Jahre Taz, Postbank braucht 1 Mrd Euro
28.9. Bayern-Wahl: Becksteins Debakel; Haiders Triumph: Rechte in Österreich bei 170 Prozent/kmh

40. Woche

29.9. Hypo Real Estate braucht Staatshilfe, Dax fällt
30.9. Ungarn vor dem Staatsbankrott, Oppenheim rettet Arcandor

OKTOBER 2008. Bei Probeabstimmungen haben die hessischen Landtagsabgeordneten von SPD, Grünen und der Linken für Andrea Ypsilanti votiert. Nur die Sozialdemokratin Dagmar Metzger lehnte es weiter ab, ihre Fraktionschefin mit den Stimmen der Linkspartei zur Ministerpräsidentin zu wählen.

1.10. Mittwoch: Becksteins Rücktritt, Dax 5800
2.10. Steve Fossets Wrack gefunden
3.10. Großbritannien sichert Bankeinlagen
4.10. Telekom bespitzelt Kunden
5.10. Sonntag: Merkel garantiert Sparguthaben

41. Woche

6.10. Fortis französisch übernommen, Dax fällt –7 % auf 5400, Steinbrück kündigt Rettungsschirm für alle Banken an
7.10. Island warnt vor Staatsbankrott und verstaatlicht Banken
8.10. Britische Regierung stellt den Banken 300 Mrd Pfund
9.10. Börsengang der Bahn verschoben, Island sperrt Kaupthings Konten, Dax fällt, Unruhe wächst
10.10. G-7-Gipfel, Russland stellt 63 Mrd Euro, Dax fällt weiter, Panik steigt, Dax zuletzt mit –7 % auf 4500
11.10. Samstag: Reich-Ranickis TV-Auftritt, Haider: tot
12.10. Finanzgipfel in Paris, britische Banken verstaatlicht

42. Woche

13.10. Uwe Tellkamp gewinnt den Buchpreis
14.10. Bundesregierung garantiert den Banken 500 Mrd Euro
15.10. Madonna trennt sich von Guy Ritchie
16.10. Tour de France kaputt, Schweizer UBS kriegt 66 Mrd S.F.
17.10. Eilpaket für Banken wird Gesetz
18.10. Steinmeier wird SPD-Kanzlerkandidat
19.10. Anselm Kiefer kriegt den Friedenspreis

43. Woche

20.10. Tote in Kundus, Österreich stellt 100 Mrd Euro bereit
21.10. Bayern LB braucht 5,4 Mrd Euro aus dem Rettungsfonds
22.10. Indien fliegt zum Mond

23.10. Elke Heidenreich: abgeschafft
24.10. IWF stützt Islands Banken
25.10. EU will Nacktscanner, Schäuble nicht
26.10. Neue Moschee in Duisburg-Marxloh eröffnet

44. Woche

27.10. IWF stützt Ungarn und Ukraine, Seehofer Ministerpräsident
28.10. VW-Aktie schießt auf über 1000 Euro hoch
29.10. Anand bleibt Schachweltmeister gegen Kramnik
30.10. Reinhard Marx, Das Kapital, Dax steigt
31.10. Freitag, Reformationstag

NOVEMBER 2008. Zu, zu, diesig, warm, kälter; Sonne, verhangen, zu, diesig; Sonne und kalt; Nieselregen, zugezogen, Regen; verhangen, kalt; Sonne, Schnee in München, Deutscher Herbst Berlin. Die Panik greift um sich. Selten ist die deutsche Wirtschaft so schnell eingebrochen. Die Lehman-Pleite war der Wendepunkt.

1.11. Allerheiligen: Josef Winkler kriegt den Büchnerpreis
2.11. Allerseelensonntag, Quant-Erbin Klatten erpresst

45. Woche. Der Spiegel: Hitler lebt

3.11. Commerzbank braucht 8,2 Mrd, Ypsilanti am Ende, SZ zieht nach Steinhausen
4.11. OBAMA gewählt, Dax steigt auf über 5000
5.11. Regierung sagt den Börsengang der Bahn endgültig ab
6.11. Notenbanken senken Leitzinsen, Dax fällt wieder
7.11. Einigung über die Erbschaftssteuer

8.11. Russisches Atom-U-Boot verunglückt
9.11. 70 Jahre Reichspogromnacht

46. Woche. Weltpräsident OBAMA

10.11. Schäfer-Gümbel kommt für Ypsilanti
11.11. OBAMA will Guantanamo schließen
12.11. BZ-Chaoten verwüsten Humboldt-Uni
13.11. VW-Gesetz beschlossen, Afghanistan-Einsatz verlängert
14.11. Weltfinanzgipfel von Bretton Woods 1944
15.11. Opel braucht Milliardenbürgschaft, Özdemir kommt
16.11. G 20 beschließen 50-Punkte-Action-Plan, Volkstrauertag

47. Woche. Kapitalverbrechen Geld

17.11. Citigroup kaputt, Autogipfel im Kanzleramt
18.11. Opel braucht konkret 1,8 Mrd, britisches Pfund kaputt
19.11. Bankaktien im Ausverkauf, Dax fällt
20.11. Dax fällt weiter
21.11. Freitag: Dax abgestürzt diese Woche um –11 % auf 4100
22.11. Heiko Maas wird Spitzenmann der Saar-SPD
23.11. Totensonntag, Österreich beschließt Große Koalition

48. Woche. Der Spiegel: Stress macht krank

24.11. Citigroup gerettet, OLG Stuttgart: Klar wird entlassen
25.11. Fed stellt 800 Mrd Dollar für faule Kredite

26.11. 170 Tote bei Terroranschlag in Bombay
27.11. Arbeitslosigkeit sinkt unter 3 Millionen, Dax steigt
28.11. Bayern LB braucht jetzt 30 Mrd vom Staat, Bundesrat stopt BKA-Gesetz, Endstand Dax 4669,44
29.11. BND-Agenten im Kosovo wieder frei
30.11. Erster Adventssonntag; Schneegriesel, trüb, 3 Grad.

49. Woche. Der Spiegel: Mutlos. Angela Merkel

Und die Aussichten für den DEZEMBER, 16.38 Uhr. Regenwolken ziehen von Bayern aus nordwärts, das Wetter bleibt schlecht, mondlose Nächte.

Bericht. Das Ausmaß des Asozialitätsdachschadens, wie er mir ja leider nur zu bekannt war, wie ich ihn aber so konkret wie jetzt zuletzt auf der Buchmesse schon lange nicht mehr in dieser Extremheit und an mir selber vor Augen geführt bekommen hatte, deswegen also bleiben sie alle dann immer daheim, die Nichtanfänger, weil man sich nach zehn, zwanzig, fünfundzwanzig Jahren Schreiberleben in einer Weise in den Schwachsinn hineingelebt hat, und vielleicht sogar gerade dann, wenn man seine eigentliche Aufgabe, das Bücherschreiben, auf richtige Art betrieben hatte, dass das mit den mittleren Normalanforderungen mittlerer Gesellschaftsnormalität eigentlich kaum mehr kompatibel war, hätte also aus den nachbetrachtenden Vergegenwärtigungen und Analysen gut auch zu der ermatteten, heliotrophungrigen Verwirrtheitsreaktion führen können, dass man die auf die Buchmesse folgenden Tage oder sogar Wochen krank, lesend oder schlafend, auf jeden Fall aber im Bett nur hätte verbringen können oder wollen usw, wenn da nicht diese verrückte KRISE, die gigantische Finanz-, Wirtschafts-, Welt- und Globalkrise, die totale KRISE der Gesellschaft des Herbstes 2008 gewesen wäre, an die man sich in den Tagen des ausgehenden Oktober gerade so richtig schön zu gewöhnen angefangen hatte, die einem auch weiterhin täglich die umfassende Katastrophalizität des gesamten globalen, weltkapitalistischen Verschwörungssystems um die Ohren haute und ins Gesicht spuckte, in einer so gigantischen, manischen Explosivität und Gutgelauntheit natürlich, Katastrophe ist herrlich, man weiß einen kurzen Moment lang nicht, was gleich als nächstes passiert, alle Lebensgeister sind alarmiert und hellwach, dass auch ich zuletzt also nur sagen konnte, gut, wenn also Krise ist, wenn das so ist, dass die Welt Kopf steht, täglich neu, dann will auch ich, mein lieber Lenz, den

Kopf nicht länger in den Bottich oder in die Erdbeerbeete, den Harz, den harten, oder in die Ilmenau, die milde, stecken oder hängen lassen, sondern ihn erheben und dir und dem Rest der Welt ins Gesicht der Herrlichkeit des Wahnsinns blicken, den wir hier die Gegenwarten dieser Tage heißen dürfen. Im MITSCHREIBENDEN MÖNCH, der im Moment solcher Exzesszeiten, Achtung: hochakute Sofortistik, Welttextzustand usw, in mir quasi automatisch in Aktion trat, war es auch diesmal wieder zu den automatischen, von Beobachtung beinahe befreiten Zeitmitschriften gekommen, aber mehr noch, noch irrer und noch lustiger, gab ich mich lesend und notierend, meine Kritikidee dabei entwickelnd, dem kompletten Diskursirrsinn hin, der die gesamte Presse, besonders aber die Feuilletons, und unter denen am allerheftigsten natürlich gerade auch wieder das allerhysterischste, das der Faz, befallen hatte, wo jetzt in mehr oder weniger täglich erscheinenden Artikeln die Revolution ausgerufen wurde, die morgen gleich über uns hereinbrechende REVOLUTION vorhergesagt wurde, Revolution, egal eigentlich von was und wofür, Revolution aber auf jeden Fall täglich angefragt und angemahnt wurde, der Spiegel druckte jede Woche neu das immer gleiche Foto, auf dem die Wallstreetbanker per beschriftetem Karton zum Bilanzsuizid, JUMP you FUCKERS!, aufgefordert wurden, und jeder von uns Schriftstellern musste, das war in diesen Wochen Pflicht, per Artikel oder Interview das Ende des Kapitalismus, wie wir ihn kennen, verkünden, das neu heraufkommende Zeitalter der Vernunft ankündigen, das jetzt im Zusammenbruch der Irrsinnigkeiten des Kapitals sichtbar werden würde, es war echt crazy, das Sein bestimmte wieder sehr stark das Bewusstsein, materialistisch gesehen, je besser bezahlt der Feuilletonredakteur, umso radikalantikapitalistischer der Neoantikapitalismus, umso orthoorthodoxer der Basalmarxismus, es war in der gesamten Öffentlichkeit kurz eine Stimmung wie früher in der Alternativkultur, Wirgefühl, Gruppendruck, Unsinnsparolen und richtige Lügen natürlich auch, mit dem unangenehm modischen Triumphgefühl, es immer schon gewusst zu haben, aber links ist nicht nur mit den Schwachen im Sozialen, links ist im Diskurs manchmal kurz auch da, wo eine Wahrheit schwach ist aktuell, um mich in diesen politischen Echtfragen aber nicht zu sehr zu verrennen, was durch überwertige Diskursfaszination leicht passieren kann, hatte ich mich stattdessen an den Schreibtisch gesetzt, um den über alles bisher Vorgefallene von mir schon länger geplanten, nun endlich nur noch kurz hinzuschreibenden Blitz- und Analyseroman DERNIÈRE MINUTE jetzt sofort, in dieser Minute, aktuell und akut hier auf- und niederzuschreiben. Anschließend ging ich hinüber ins Büro. Dort notierte ich, ratlos im Wust meiner Papiere stehend: *ganz hineingehen in die Tiefe der Groteske.* Dieser Satz hatte sich im Kopf schon ganz gut angefühlt, nachdem ich ihn aber auf einen alten Schmierzettel, auf dem oben, von mir selbst geschrieben, die Worte BEWIRTUNGEN 2001 standen, aufnotiert hatte, hatte er mich erst richtig in die zu diesen Zuständen unweigerlich dazugehörende bernhardeske Grotesk- und Absurdheiterkeit gebracht, der Besuch im Büro und das ratlose Herumstehen in den dortigen Papieren hatte sich also gelohnt, den Ofen, der erst vor zwei Wochen für über eineinhalb Stunden lang ausführlichst gewartet und repariert worden war, kriegte ich nicht zum Brennen, der sehr freundliche ostlerhafte Ofenreparateur hatte den Ofen, einen alten DDR-Gasofen, der bisher schlecht, aber doch wenigstens überhaupt noch funktioniert hatte, mit seinen Bemühungen neulich hier also endgültig komplett kaputtgemacht, auch insofern war, bezogen auf Groteske, das Hinübergehen in das Büro ein voller Erfolg gewesen, hatte ich mir beim Verlassen des Büros gesagt, Bewirtungen 2001 hat es ja nun definitiv auch nicht bei mir gegeben, der Zettel war dementsprechend, bis auf diese leicht trottelig klingende Überschrift, natürlich völlig leer geblieben und bis heute und eben vorhin auch gewesen. Und während ich jetzt durch den Innenhof zurück in die Wohnung ging, überlegte ich, ob nicht richtigerweise vor dem Wort *Tiefe* das Wort *absolute* stehen müsste, ob der Satz also korrigiert, verbessert, richtigifiziert werden müsste dahingehend, dass das Hineingehen eigentlich eines in die *absolute Tiefe* sein müsste, um auch wirklich *ganz* in die Groteske führen zu können usw, hatte dann aber mit einer diese Gespenster falscher Ideen verscheuchenden Bewegung meiner linken Hand vor meinem Gesicht all dies verworfen gehabt und, auch im Sinn der alten Ideale des erwähnten ästhetischen Sofortismus, dem das hier laufende Textexperiment sich auch weiterhin verpflichtet fühlen wollte usw, die entsprechende gedankliche Konsequenz, gerade auch von der Länge dieses Satzes hier speziell angekotzt, gezogen und gedacht und mir gesagt: das Gedachte ist nicht verbesserbar. Das einmal Geschriebene hat in seiner Erstform auch schon seine Optimalform gefunden. Lauter kurze Sätze, die alle falsch waren, aber wenigstens kurz, hatten mich so durch den Innenhof begleitet und die vier Stockwerke im Treppenhaus hochgeführt und vor die Türe meiner Wohnung gebracht. Ich sperrte auf und öffnete die Türe. Beim Betreten der Wohnung dachte ich nach über das Wort *ganz*, von dem ich, so war die Hirnlage aktuell aktiv und unterwegs, in die Küche geführt und zu dem Plan gebracht worden war, mir zwar keine Gans, aber wenigstens ein Putenschnitzel, wie ich es zuletzt zuhause, nach dem Wiener Spezialrezept der dortigen Ahnen, *herausgebraten* und vorgesetzt bekommen hatte, heute endlich einmal auch für mich selber hier *herauszubraten*. Ich fuhr sofort in die Ackerhalle, um das für diese Brataktion benötigte Schnitzel zu kaufen. Am Rad war ich dann, in spätherbstlicher Dunkelheit die Invalidenstraße entlangradelnd, durch die Plötzlichkeit des Gedankenumschwungs, der sich vorhin im Büro ereignet hatte, wieder an meine beim Deutschen Ärzteblatt schon vor längerer Zeit eingereichte HIRNSTUDIE erinnert worden, die ich im zurückliegenden Frühjahr, bzw im vergangenen Winter, es war ja der Januar 2008 gewesen, in Vorbereitung meiner Rückkehr in den medizinischen Beruf in der sogenannten Kaiserin-Friedrich-Stiftung, direkt hier am Neuen Tor, gegenüber dem braungelben Haus der Grünen und dem großen Grauen Haus des Wirtschaftsministeriums, experimentell durchgeführt und dann im Sommer, im August, in den Vereinigten Staaten von Amerika niedergeschrieben hatte. These: die Qualität des Denkens hängt ab von der Geschwindigkeit, mit der das Hirn gerade arbeitet; diese Geschwindigkeit hängt ab von der sogenannten *Saftlage*, einem hirninternen Titer, der sich nach neueren, noch nicht endgültig bewiesenen Formeln aus diversen Konzentrationen diverser Moleküle, Hormone und anderer Botenstoffe errechnet; und seinerseits offenbar in Abhängigkeit vom *Vitalindex* des restlichen Körpers gegeben ist, wie er an der muskulären Endplatte aus dem Quotienten der Vorspannung zwischen glatter und willentlich innervierter Muskulatur direkt über die Ausgangsvoltage im *vibrativen Fingertest* gemessen und so auch insgesamt recht einfach und direkt ermittelt werden kann. Mit eben dieser dritten Abhängigkeit hatte sich meine Studie beschäftigt und, wie schon meine inzwischen fast dreißig Jahre zurückliegende Doktorarbeit, mittels simpler Reaktionszeitmessungen Prognoseparadigmata zu entwickeln versucht, die eine Vorhersage der Gedankenqualität aus der konkret und aktuell gemessenen Reaktionszeit erlauben würden. Ergebnis: 14 unklare Gedanken gleichzeitig sind besser als 4, 16, 48 egal wie klare hintereinander weg. Besser: richtiger; klarer: schlechter; gleichzeitiger: wirrer; wirrer: wahrer usw. Begründung: keine. Laufzeit: Antrag. Prognose: immer. Steht so bei Luhmann, im *Kollaps der Gesellschaft*, seinem letzten Buch. –Das kenne ich gar nicht. –Ich auch nicht. –Echt? –Nee, erfunden. –Alles? –Nee, nur die Paralipomena und Paraphernalia. –Die Infernalia? Der Höllor lachte auf und rief: Hölle, Hölle, Hölle, Roman! Klagor: nichts, nichts, nichts. Roman! Oder: Die Abschaffung der Gegenwart. Schon passiert. Und jetzt, am allerbesten, endlos klaglos und direkt, Kyritz: etc. etc. Roman!

Und dort dann: da!, wir stoßen die Türe des gipsernen Hauses auf und sind beim Sultan des schmückenden Beiworts, dachte ich, es ist wie früher bei den Goncourts, ganz von selber hatte sich vor mir die gläserne Flügeltüre des Ackerhallen-Rewe geöffnet, ich schwebte in den Laden, die Helligkeit des Lichts von überall her beauftragte mich imperativ, die realkapitalistischen Exzesse des Einzelhandels, der in bekanntlich fürchterlich verkommenen, durch Kartelle miteinander verschworenen Riesenketten die Käufer aller Länder Deutschlands mit seinen Diktatwaren nervte, zu untersuchen, anzuprangern, abzuleiten, zu kritisieren und, eventuell, falls das gelingen sollte, utopisch auf den Entwurf einer besseren, gerechteren Einzelhandelswelt hin zu überwinden. Diesen herrlichen Plan im Kopf, stand ich dann vor der noch heller, hellstweiß erleuchteten Fleischtheke, um für das heute Abend herauszubratende Schnitzel das richtige Putenfleisch auszusuchen. Woher weiß der Mensch, was richtig ist, fragte ich mich, woher wissen die anderen Leute, welches dieser unendlich vielen unterschiedlichen Fleischpakete das für sie genau richtige sein könnte, aber das war ein rabulistischer Gedanke, der mir von meiner eigenen Ratlosigkeit vor dem Fleischregal nur zum Hohn eingegeben worden war, die Leute hatten natürlich einfach damit experimentiert, verschiedene Sorten ausprobiert und dann das für sie richtige dabei herausgefunden, die Bedeutsamkeit genau dieser extrem alltäglichen Freiheitserfahrung wird von der Kritik an den Warenexzessen gern unterschätzt, gerade an den banalsten und kleinsten Stellen muss ein System Freiheit zur Verfügung stellen können, das müsste in einem zukünftigen Einzelhandel so ähnlich garantiert sein wie jetzt, dachte ich und nahm einfach blind das nächstbeste Paket, tat es in den roten Einkaufskorb zu den Äpfeln von Gala, die da schon lagen, schaute in den Korb und musste überlegen: was fehlt, was brauch ich noch, was soll noch mit dazu für heute Abend? Ich dachte an die große Schale mit den eierfarbenen Eiern von Jeff Koons in der Neuen Nationalgalerie, Milch war leider schon aus gewesen heute, und vor den Quarkregalen wird man absichtlich verwirrt, damit man länger dort verweilt und mehr dadurch dort kauft vielleicht, die Beschwerden würde ich am liebsten so klein wie möglich halten, Mikrokritik, und mit meinem Korb war ich dann zur Rewekasse zum Zahlen gegangen. Ich zahlte mit Geld. Der Bankberaterin, die mich im Frühjahr 2001 oder 2000, etwa drei Wochen jedenfalls vor dem damaligen Crash, zur Anlage der eben von Raabe und Mülheim gewonnenen Preisgelder überreden wollte, hatte ich, wie sie immer drängender und mich immer gewaltsamer in die Ecke ihrer angeblich extrem vernünftigen Geldanlagevernunft hatte drängen wollen, plötzlich, innerlich aufspringend zu meiner mich selbst in der Weise erstaunenden Innenwahrheit, gesagt: verzeihen Sie, ich habe ANGST vor Geld. Damit war das Gespräch geilerweise erledigt. Das hatte ihr so noch keiner gesagt, in dieser Situation und aus dieser tiefsten inneren Überzeugung wie ich hier. Ich hatte meine Ruhe, durfte mein Geld, das ich ja nicht anlegen und vermehren, sondern einfach zum Leben und Verbrauchen in den kommenden Jahren verwenden hatte wollen, einfach so, wie es war, auf meinem uralten Sparkonto liegenlassen, das ich zu Beginn meines Studiums, als ich im einstigen Schwabing in der Haimhauserstraße gewohnt hatte, in der dortigen Filiale der Bayerischen Vereinsbank am Feilitzschplatz eröffnet hatte, wo ich dafür auch noch ein richtiges Sparbuch bekommen hatte. Ich weiß gar nicht, ob man heute noch Sparbücher kriegt, am Schalter, wenn ich meines vorweise, wird mir immer vorgeschlagen, ich sollte es abgeben und bekäme dafür irgendetwas extrem Praktisches, Abstraktes, und dann freue ich mich an dem stumpfen Opaismus, mit dem ich dann sage, ach nein, mir gefällt das Sparbuch hier sehr gut. Leider war mir trotzdem mit der Zeit klar geworden, dass meine Angst vor Geld als Abstraktum eine starke Erkenntnisunfähigkeit aller damit zusammenhängenden gesellschaftlichen und politischen Fragen zur Folge gehabt hatte; und im allerletzten Grund damit auch die Unfähigkeit zur richtigen politischen Position. Ich war Idealist, ja, das Geld, das ich hier an der Kasse jetzt konkret hinlegte und zurückbekam, im Austausch für die Waren, die mir der Rewe dafür netterweise schenkte, war das einzige mir verständliche Geld, dass dahinter ein sogenanntes KAPITAL stand, wusste ich natürlich, es sagte mir aber nichts.

Auch deshalb, weil ich dachte, ich könnte es, das Kapital, endlich vielleicht verstehen, hatte ich von Anfang an mit einer solchen Begeisterung auf die Finanzkrise reagiert, mir schon im Sommer das auf der Wirtschaftsbücher-Seite von Erich Weede in der Faz extrem gepriesene Buch *Öffentliche Finanzen in der Demokratie* von Charles Blankart gekauft und zu lesen angefangen, die anfänglichen historischen Kapitel auch hochinteressant, unverständlich und herrlich gefunden, dann aber, da war ich mit dem dicken, schweren, schönen Buch schon in Salt Lake City angekommen und auf den Zeltplätzen Utahs und Arizonas richtung Lake Powell unterwegs, wie er selber im 3. Kapitel zu der von ihm vertretenen ökonomischen Logik des Staates gekommen war, *A. Warum ist der Staat überhaupt notwendig?*, angekotzt von der Primitivität dieser Theorie und ihrer Annahmen über den Menschen, den Finanzdreck weggelegt und ein anderes Buch statt dessen zu lesen angefangen: EIGENBLUT-DOPING. Ästhetische Theorie des Helden. Gegenwart, Politik, jüngste Vergangenheit. Und auch später dann, zurück in Deutschland, hatte ich das zunächst so wunderbar wittgensteinisch übertrocken ansetzende Buch der Brüder Heidenreich & Heidenreich *Mehr Geld* auf einer meiner vielen Reisen dieses Herbstes genau bis zu dem Punkt gelesen, wo sie im Kapitel Motivation behauptet hatten, Untätigkeit wäre sozusagen der normale Ruhezustand, der sich von selber einstellen würde, wenn keine Not gegeben wäre, würde jeder sich hinsetzen und es sich gut gehen lassen, ja, diesen Irrsinn behaupten sie: Untätigkeit stellt sich im Rohzustand von selbst ein. Wenn es einmal gut ist, setzt sich jeder hin und lässt es sich gut gehen. JEDER!, Moment mal, ich nicht, ist bei mir anders, aber das steht da, Seite 55, totale Lüge, Unsinn, der Mensch will arbeiten, wie es mein verrückter psychiatrischer Lehrer Prof. Schlüssler in seinen Vorlesungen immer behauptet hatte, ich wenigstens, sagen wir mal so, will arbeiten, das gibt es jedenfalls auch, man will was tun, damit man nicht nachdenken muss. Und so war ich durch die Finanzkrise zu der Vermutung gekommen, dass nicht nur ich, durch meine Angst vor Abstraktgeld, über den Kapitalismus nichts Richtiges erkennen kann, sondern auch die Gegenseite, die Theoretiker und Materialisten und Totalanalytiker, einen nur sehr unzureichenden Erkenntniszugang zum Ich in seiner ganzen Wahrheit und Crazyness haben. Was Leute, die gedanklich dauernd mit Geld und Kapital beschäftigt sind, sich unter einem Ich vorstellen, ist echt ein Witz, kein Ich. Der Primitivismus dieser Banalvorstellungen feierte jetzt eben in jüngsten Tagen unter dem schönen Wort *Nudge* neue Banalitätstriumphe. Amerika ist ein Land von so unbeschreiblicher Weite, Schönheit, aber eben auch Primitivität und geistiger Wüste, das checken die hiesigen ewigen Amerikakopierer, ja, Verzeihung, Herr Schirrmacher, das muss ich noch nachtragen, leider nicht, alles in Amerika ist auf die unendliche Dummheit des mittleren Amerikaners eingestellt, ein Schubs dort, ein Nudge, ist für einen normal zivilisierten Mitteleuropäer eine groteske Ohrfeige aus dem Nichts, die man sich nicht dauernd erteilen lassen möchte, alles an Amerika ist Infantilität, die ganze Populärkultur sowieso, die beste Kunst Amerikas, Kelley und Koons, handelt davon, und all das wäre so unwichtig im Weltmaßstab wie die sibirische Eisenbahn, wenn es sich nicht so global ausgebreitet hätte, dass auch ein paar erwachsene Europäer, davon fasziniert, davon auch zum Widerspruch, zur Analyse, zu einem Denken gebracht worden wären, das diesen Exzessen der Zurückgebliebenheit nachträglich die Komplikationen des europäischen Denkens noch einmal entgegenzusetzen hatte, wie früher Adorno und Luhmann und heute Diedrich Diederichsen. In Amerika selber gibt es keine Theorie, null, ihre Literatur der Gegenwart steht tief im 19. Jahrhundert, Schinken, Schund, Verblödung, und wo bisschen was Avancierteres und Ambitionierteres versucht wird, muss es mit tausend Fußnoten und lächerlichem Formalkrempel der Frühmoderne zum Eingeweihtenschwachsinn hochstilisiert werden, Amerika hat uns die Demokratie gebracht, das Staatsmodell eines optimistischen Irrsinns, das ist das Allerschönste an Amerika und gleicht auch alles andere natürlich aus, aus den Tiefen Europas, aus Blut und Mord, haben die ewigen Kinder Amerikas das Weltgesellschaftsmodell entwickelt, mit dem die Welt an der Schwelle – hopla, ich war gestolpert, beim Einstecken des Wechselgeldes, über die Rewe-Tüte zu meinen Füßen, die da mit den gerade hier gekauften und mit Geld bezahlten Sachen, Waren, vor mir, von mir selber dorthingestellt, am Boden stand, ich bitte um Entschuldigung, sagte ich halb zur Tüte, halb ins Nichts. Die Frau an der Rewekasse reagierte freundlich, die nettesten Menschen Berlins arbeiten an den Kassen bei Rewe in der Chausseestraße, dann kommt der Kaisers in der Schwedterstraße und dann schon gleich der Rewe in der Ackerhalle, mir ein Rätsel, wie die das machen, in einer solchen Stetigkeit und individuellen Unterschiedlichkeit bis spät abends dort den Kunden wie mir gegenüber mit ihrer, übrigens maximal unamerikanischen, ungeschulten, ungezwungenen, freundlich guten Laune aufzuwarten, sie tun es aber jedenfalls. Draußen vor der Türe, es war immer noch nicht 1948, sondern heute, sechzig Jahre weiter, 2008, Oktober, konnte ich mich also nach links wenden und mich eine Türe weiter dem realkapitalistischen Totalexzess der freien Presse hingeben und widmen, im Zeitungsladen links vom Rewe, den ich nun mit einer verschluckten Begrüßung, denn der hiesige Zeitungsverkäufer war bekennender Prolet und hasste mich von daher aus vielleicht ja noch irgendwann nützlichen Klassenabgrundsgründen für mein offensichtliches, da kann man als Nichtprolet machen, was man will, unübersehbares Nichtproletentum, betreten hatte. Ich ging noch einmal weiter nach links zum Regal der Tageszeitungen, die da am Boden ausgebreitet waren, klar, es war die Zeit der Zeitungsberge, wie zuletzt vielleicht 1989, es musste alles gekauft werden und wurde auch alles gekauft, mit Begeisterung, weil es so schön war, so vergänglich, so jetzig und so über alle Maßen durchgeknallt die ganze Zeit, und so kam ich den von der Zeit selbst mir übermittelten Kaufaufforderungen, die totale Exzesshaftigkeit all dieser jedem gebotenen Möglichkeiten als das allerschönste empfindend, zur Zeit täglich mit dem allergrößten Vergnügen auch nach. Ich legte meinen fetten Packen auf den Kassentresen und wartete schon ganz geduldig, welcher Schnauzescherz diesmal dran war, ah, die Wechselgeldnummer, 15 Cent in lauter 1-Cent-Stücken, ist klar, kein Problem, vielen Dank fürs Rausgeben auch, kann ich bitte den Zettel haben, den WAT?, die Quittung bitte, na wennse den Bong wollen, müssense det ja nur sagen, natürlich, dankeschön, aufwiedersehen, ich packte alles zusammen und dachte im Rausgehen, links das Essen, rechts die Zeitungspacken in der Hand, warum auch nicht, es ist der jahrhundertealte Berliner Untertanengeist und der daraus lebende Schnoddrigkeitston mir auch nach über zehn Jahren hier einfach verschlossen, das finden die witzig, dass man sich gegenseitig quält, weil selber wird man ja auch gequält, von oben und überall her und überhaupt von allem, Prinzip der Weitergabe von Gemeinheit, je roher, desto besser usw, und daheim, im Süden, in München speziell wundere ich mich heute manchmal, wie grell gequetscht und verlogen die Freundlichkeit dort auftritt oder rüberkommt, mir zumindest nach so langer Abwesenheit von dort vorkommt, die dortige Stressverlogenheit im Ton ist fast noch schlimmer als die hiesige Rohheitsverherrlichung usw, falsch ist beides, und die ganzen Chefordinärheiten, die durch die Krise nocheinmal besonders grell sichtbar geworden sind und damit auch Gegenstand politischer Aufmerksamkeit (dieser Kapitalismus, so die Linke, hat eine Kaste von Gemeingefährlichen hervorgebracht, in dieser Gesellschaft gelten Gier, Geiz, Egoismus und Verantwortungslosigkeit als Tugenden), haben sich auch an dieser Unterschichtenordinärheit geschult und es genossen, dass beidem, ihrer Chefblödheit und dem in Proletarien aktiv affirmierten Proletendeppismus, von intellekueller Seite kaum mehr richtig Widerspruch und Widerstand entgegengekommen ist, das wäre unsere Aufgabe, dachte ich, aber man müsste es anders, besser machen als Döblin, sagen wir mal, der sicher auch deshalb ein solcher Ödianer, ein so trauriger Ödnisproduzent und schlechter Schriftsteller ist, war, weil er in einer so verlogenen Weise sein Zilletum und seine kleine-Leute-Feier betrieben hat, Kitschgemälde geliefert hat in riesigen Schinken, November 1918, anstatt bisschen Wahrheit, das Problem jeder Art von tendenzbestimmter Aktionsliteratur usw, und zuhause hatte ich dann die neuesten Zeitungsberge zu den alten und den aus dem Büro mitgebrachten Zeitschriften und Büchern gekippt und mich angesichts dieser Stoffmassen, ZEITSTAUB, Material, gefreut an diesem Rohstoff, an dem auch Fauser seine Freude haben hätte können, wenn er, von den Opiaten abgebreitet und durchseligt, eins war mit der Welt.

•

6.2. III.2. 2.b. PARANOISCHE PARATAKTIKA
PANIKA und andere antiaffirmationistische Fragmente

#

Proust, Le dossier
Thomas Mann, Doktor Schiwago
Philipp K. Dick, Dünnere Stoffe

Thomas Bernhard, Amras
Thomas Bernhard, Amras
Thomas Bernhard, Auslöschung

Peter Handke, Versuch über die Müdigkeit
Peter Handke, Versuch über die Jukebox
Peter Handke, Versuch über den geglückten Tag

#

Montag, 8. September, Mariae Geburt
Dienstag, 9. Oktober, Christi Himmelfahrt
Mittwoch, 10. November, Totensonntag
Donnerstag, 11. Dezember, Mariae Himmelfahrt

Zu Mariae Empfängnis und dem Aschermittwoch werden noch einzelne Vorhersehungen für das kommende Jahr bekanntgegeben.

Abschaum der Skizze
Letztfügung der Hauptstellung

Gegen Morgen zu klarte der Himmel etwas auf.

#

fundamentale Endzeithaftigkeit
gefühlte Endzeithaftigkeit

der Dom zu Meißen
schöne Weide
Macht: nicht so schön

Golden Years: Rethinking Marxism 7
Flaming Creatures: The Banana Diary

#

Sonntag, 1421. Ökonomie des Glücks.
Montag, 1534. Schnupfen, Bett, Tellkamp.
Dienstag, 1652. Krank im Bett, weiter Tellkamp.
Mittwoch, 1749. Weiter krank, weiter Tellkamp.
Donnerstag, 1848. Mit Josef Winklers Wimper, weiter krank.

bei Scheibitz
dear Jeff

#

mo 15.10. – 500 Milliarden für die Banken
di 14.10. – Lüge, Zeitsturm, Tunnelstadium
mi 13.10. – an der Börse geht es aufwärts

gesellschaftliche Kosten der Lüge
Obessivität als Irrsinn

Darf ich die Türe entfernen?, Herr Vorsitzender. Solange es sich nur um die Tüte handelt, die da steht, ja, Türe hingegen muss bleiben.

#

Im letzten Stadium der manisch-paranoischen Entgrenzung wird auch zwischen einzelnen Unterverweisungen nur noch kursorisch, das heißt im Realeffekt kaum noch unterschieden.

Bach Partita, beach party, keen Bock. Morgen kommen die Handwerker, die Krise habe ich gestern für beendet erklärt.

#

11.30 Uhr. Nach dem Schwarzen Montag.
11.55 Uhr. Der Schwarze Freitag.

19. Oktober. Regierung, Kaufkraft, 15 Milliarden; Bankensektor, Eingriffe geplant; SPD hat wieder Doppelspitze; Nina Hoss hat Todesangst; knapper Sieg für Bayern.

12. Oktober. Kroetz spricht über junge Frauen; Rettungsplan bis Montagmorgen; wie die Geldwelt auseinanderfällt; was ist der IWF?; Martenstein: Aktien kaufen! Jetzt!

10. Oktober. Deutsche Bahn kein Börsengang; auch Amerika Verstaatlichung der Banken; Tillich über Polen; Neoliberalismus ist am Ende; Franziska Drohsel hat schon Pogo.

19. Oktober. Leise Rückkehr zur Ernsthaftigkeit; Nils Minkmar möchte nicht bezahlen.

18. Oktober. Um Schaden von Deutschland abzuwehren; Rettungspaket beschlossen; Bundestag, Bundesrat, Bundespräsident; Steinbrück dankt den Ländern.

24. Oktober. Wird jetzt alles billiger?; Heidenreich vom ZDF gefeuert; Volkswagen muss sparen; Soffin hat 500 Milliarden zu vergeben; Metro im Sturzflug.

23. Oktober. Tote schaffen keine Quote; Studiengebühren böse; Welt wird chinesischer; willst du nur, mein zitternd Herz?

24. Oktober. VW ist die Aktie des Jahres; Pharma-Unternehmer Adolf Merckle hat sich massiv mit Volkswagen-Aktien verspekuliert; fallende Kurse, falscher Fuß, Merckle verloren; drei Dutzend Banken, Überbrükkungskredit; Galgenfrist für Merckle?; Familie zeigt sich optimistisch.

28. Oktober. Postbank braucht Milliarde; VW-Aktie plötzlich über 200 Prozent plus; Seehofer regiert; Sinn zeigt Reue.

24. Oktober. China verärgert; Paris gründet Staatsfonds; Kandinsky in München; Sturmtief über Island mit Regen im Norden; die Superreichen in New York besucht Jörg Häntschel.

28. Oktober. VW-Feuerwerk inmitten der Baisse; auch am Montag sind die Aktienkurse an den Börsenplätzen in aller Welt drastisch abgesackt, in Tokio gaben die Kurse um weitere 6 Prozent nach, der deutsche Aktienindex Dax fiel zunächst um über 5 Prozent, die Anleger zeigten sich schockiert darüber, dass die Postbank eine Ei-

genkapitalerhöhung von einer Milliarde Euro benötigt; nur die VW-Aktie stützte den Dax; nicht alle Zertifikate enttäuschen; Anleger flüchten aus den Schwellenländern; scheinbar sichere Wette gegen VW; Becker geht, die Branche weint.

12. Oktober. Die Kunst des Wirtschaftens; Köhlers Schweigen; weißer Oleander; ist Kofler noch zu retten?

#

Grace Jones: I'm a hurricane
Grace Jones: I'm a hurricane

#

Die Kernschmelze der großen Meister
Die Krankheit des Geldes

Urmythos der Deutschen
Ein linker Putsch

Lady Di in Kärnten
Haiders letzte Stunden

Vor einem Wasserfall aus Farbe
Dschungel, Koma, Ölpreis weiter fällt

#

Tellkamp
Tellkamp
Tellkamp
Tellkamp

Abfahrt der Erschöpften
lauter letzte Worte

Börse, Aktien, Bank, Berater
kleiner Mann, was nun?

#

kaufte eine gelbe Blume

Bei dem künstlerischen Abendessen, zu dem die Galerie Max Hetzler für den folgenden Abend, Freitag, den 31. Oktober 2008, anlässlich der Eröffnung einer großen Ausstellung mit neuen und alten Gemälden von Albert Oehlen, ALBERT OEHLEN 1991 2008, in die Hetzlerschen Galerieräume im Wedding, eine riesige, mehrere hundert Quadratmeter große Fabriketage in den sogenannten Osramhöfen, Gäste von überall her und aus Berlin eingeladen hatte, hatte es mich durch einen glücklichen Zufall an den besten Tisch hingeweht, am Eingang bekam man den Buchstaben des für einen vorgesehenen Tisches genannt, dort am Tisch waren Namenskärtchen aufgestellt, ich kannte quasi niemanden, Künstlerinnen, Kuratoren, Schreiber und Rechtsanwälte saßen um einen großen runden Tisch, der Maler Arturo Herrera hatte sofort die Situation erfasst und in angenehmster sozialweltmeisterlicher Könnerschaft Gespräche und Interaktionen aller mit allen am Tisch angeworfen, außerdem nach kurzer Zeit schon den Brauch der guten Laune eingeführt, alle fünfzehn, zwanzig Minuten einen Toast auf irgendetwas oder irgendjemanden auszubringen, je länger der Abend ging, umso stehender und animierter natürlich, und im Anschluss an die Kurzrede auf den Gegenstand des aktuellen Toasts einander zuzuprosten und zu trinken, Prost. Prost ist das schönste Wort auf Erden, ich weiß nicht, was es heißt, aber es bewirkt Gutes unter den Menschen, die sich ihm anvertrauen. Direkt hinter dem Tisch hing an einer hohen weißen Wand, eine der Wände, die für die Ausstellung in die Galerie so hineingebaut worden waren, dass man entweder nur die alten oder nur die neuen Bilder sehen konnte, die spanische Architektin Paloma Lasso de la Vega hatte den Entwurf dazu gemacht, genau mir gegenüber, das schönste der neuen Bilder in der ganzen Ausstellung und bestrahlte mit seinem Geist stetig und hysterisch den ganzen Abend über unseren Tisch. Beim ersten Herumgehen in der Ausstellung war ich von dem irrwitzigen STRESS, den die neuen Bilder aussendeten, fast weggebrettert worden, diese Bilder waren lauter als die ganze Eröffnungsgesellschaft, die sich zu ihren Ehren hier versammelt hatte, und die war auch nicht gerade leise, diese Bilder machten einen solchen Lärm wie die Welt der Gegenwart, das gibt es wirklich selten, dass man derartig angebrüllt wurde von einer neuen Malerei, die aber, zugleich eisig, abstoßend und ganz auf sich allein bezogen, herrisch unzugänglich war, ja, ich war abgestoßen und fasziniert, auch verärgert und wütend und natürlich absolut begeistert, derartig gestresst zu werden auf einem solchen Level von Intensität und grellster ATTACKE, im Vergleich dazu waren die berühmten Skulpturen von Jeff Koons aus der berühmten Celebration-Serie, die am Abend zuvor in der besagten Neuen National ihre vielbejubelte Premiere gehabt hatten, verweichlichte Softpornos dagegen, uninteressant, langweilig, Abwurf in die Welt aus irgendeiner Zeitlosigkeit zwischen 1962 und 2104, vielleicht war das auch grandios, Kitsch, wie immer im Koons-Zusammenhang gesagt wurde, war das überhaupt nicht, allein schon die Farben der Stahlmonster waren so unweich und hölzern, wie die Idee Feier der Kindheit grässlich usw, ein gewisser Bürokratismus, der immer schon die Herstellercrazyness der koonsschen Kunst, meist noch als humorige Subkomponente, mitbegleitet hatte, hatte hier jetzt ganz sein grausiges Regiment angetreten, andererseits war das aufgeschlagene Ei, das wie eine 9/11-Ruine ausschaute, oder auch die erwähnte dickrandige Gegeneierschale mit den Eiern aus Polyäthylen schon beeindruckend, nein, doch, man konnte sich immer noch sehr interessante Sachen zusammendenken in Antwort auf diese Skulpturen des selbst ja inzwischen fast schon dalihaft durchgeknallten, ebenso wunderbaren JEFF usw, aber: der Wut, die Wut, die und der Humor und der Totalwegblasismus, der aus diesen neuesten Bildern Albert Oehlens hier von innen her auf einen zukam, das war schon ein ganz anderer Hammer. Ja, Albert hatte einen echten Hammer gelandet, der mich ganz traurig machte. Denn die Zeiten der Schönheit, in denen wir in den 90er Jahren noch leben durften, wovon die unergründliche Tiefe und Schönheit der damaligen Bilder, die jetzt hier den gegenwärtigen wie zum Hohn gegenübergestellt waren, werden nie wieder kommen. Die neue Zeit der Gegenwart der Nullerjahre schaute so aus wie diese Gemälde, grell, hell, brutalstens stressig, hingeschludert, grimmig, hier: willste noch einen in die Fresse, bitte, kannste gerne haben. Ob jemals eine Zukunft kommen würde, war ich zu Beginn des Abends, während um mich herum die Konversation anlief, am Überlegen, in der ich diese jetzigen Bilder so sehr lieben werde, wie die von damals, nein, diese Zukunft wird nie kommen, dachte ich und wurde dadurch zusätzlich betrübt, auch hatte ich die alten nicht erst jetzt und im Nachhinein so schön gefunden, sondern vom allerersten Augenblick, in dem sie auf der Welt erschienen waren, schon, in die dunkel verdüsterten braungelben Weisheiten dieser Bilder hatte man denkend hineingehen können und dort den Abgrund der eigenen Existenz bejahen, weil es wahr war, dass er dunkel und unbegreiflich war und darin akzeptierbar. Der größte Triumph der neuen Bilder war die Härte, mit der hier Abschied genommen wurde von früher. In einem Explosionsexzess hatte Albert Oehlen sich der Wahrheit ausgeliefert, dass der Gegenwartsmoment keinen Trost, keine Träume, kein mittleres gemütliches Schuriburi und auch nicht mehr, wie noch die neuen Bilder in Wien von vor fünf Jahren etwa, Wohnung, Möbel, Innenräume schön schräg und wohlig anzubieten hatte, sondern nur noch das öffentliche Geschrei, den maximal grellen Terror der Waren, des Geldes, das war eine Kapitalismuskritik ohne Hoffnung, die Bilder waren Wahrheit pur, der Horror usw. Und all das, und das war das Irre, auf dem Bild in Schwarz-Weiß, dem ich hier gebenübersaß, doch noch einmal umgerechnet in die Schönheit der Gemessenheit, der Abgestimmtheit, des irgendwie glücklich Gefügten und trotz allem doch noch Ausgeglichenseins der wilden Geste auch, hinausexplodierend, mir, der Gegenwart ins Gesicht. In bestimmten Naturellen wurden diese Grellheitszustände der gegenwärtigen Jetztzeit als Verschattung, als Verdüsterung der Seele, als die Düsternis der Nullerjahre erlebt. Dadurch musste ich wieder an Heidi Paris denken, die das Hinunter, das 2001 angefangen hatte, nicht überlebt und sich im Spätsommer 2002 das Leben genommen hatte. Der Zeitsturm der späten 80er Jahre hatte ihr den Wahn zugetragen, sie hat sich davon aber, was selten gelingt, nicht völlig in Besitz nehmen lassen, hat weiter Bücher mit Peter Gente für Merve gemacht, hat der geistigen Spezialbedingung der Schizophrenie, über die sie, wenn es ihr richtig erschien, erschreckend direkt geredet hat, der besonders schutzlosen Offenheit nach innen, dem eigenen Denken, und nach außen, der Weltwahrnehmung gegenüber, die darin eingespeicherte philosophische Dimension mit dem Willen zur Energie, zum Leben und zur Texte produzierenden und erleuchtenden, produktiv illuminierenden Wahrheit wirklich abgerungen, maximal sachlich, trocken und ironisch dabei, und war dann, als es dunkel wurde, zu erschöpft, um dem noch einmal frisch entgegenzutreten. Sie war der einzige Mensch, von dem ich mich in bestimmten Hysteriehysterien die Zeiten betreffend verstanden glaubte, sie war sehr streng mit den neuen Sachen, die sie allzu ungeduldig, waren sie erst mal da, auf ihre eigenen Erwartungen hin überprüfen wollte, sie erwartete vom jeweils Neuen immer wieder alles und das Tollste, und war dann oft enttäuscht vom Weg, den jemand genommen oder gewählt hatte, wir trafen uns nicht so oft, sie war ein fordernder Mensch, sie neigte zum schnellen, scharfen Impulsurteil, das fand ich natürlich wunderbar, obwohl klar ist, dass man damit nicht immer richtig liegt und oft daneben haut, aber sie war ja andererseits bestimmt von der ruhig über lange Distanzen mitgehenden Versenkungsbereitschaft in Texte, die das Leben der Lesenden, die sie die meiste Zeit ihres Lebens tatsächlich war, im Grund der Ruhe und in der Erregung des Geistes zugleich ausmacht. Wir waren hier auf der Wiese Eichendorff Ecke Invalide gesessen, sie hatte per Post um ein Gespräch gebeten, es ging um Selbstmord, wir redeten über eine Deckperson, für die sie angeblich Erkundigungen einziehen sollte, es war ein herrlicher Sommernachmittag und ein sehr sachliches Gespräch, sofort war quasi eine Psychiatermaschine in mir angesprungen, die Suizidabwehr als Instantreaktion, aber auch die fundamentalere Ärztlichkeit der Lebenssicht, der hippokratische Eid, der Glaube ans Leben in Basalitäten, die unserem Bewusstsein nicht in ganzer Weite zugänglich sind, und die davon bedingte Demut, das Lassen und als einzige Entschiedenheit die zur Tatenlosigkeit in diesen letzten Dingen. Fand Heidi Paris nicht gut, aber sie wusste auch, dass ihre Bitte, mich an dem Mord, den sie plante, zu beteiligen, eine Ungeheuerlichkeit war, und so war das Gespräch eigentlich vielleicht dazu da, mich in ihren Lebensentschluss zum sogenannten Freitod einzubeziehen und so meine geistige Begleitung, auch über den Tod hinaus, dadurch zu bewirken. Und so geschah es. Und so kamen kurz darauf die Freunde, Hannes Böhringer hat es beschrieben, an ihr Krankenbett, sie hatte es also gemacht, es war so gelaufen, dass sie nicht sofort ganz tot gewesen war, sie lebte noch, bewusstlos, der Körper lebte noch, gab uns so Gelegenheit, von ihr, die schon mal vorgegangen war zu den Toten, Abschied noch nehmen zu können. Für die Arbeit hatte sie mir Mut gemacht und Geduld aufgetragen, wenn es so weit wäre, könnte es vielleicht doch sein, dass ein Werk auch aus diesen Jahren mir zuwachsen würde. Sie wollte, selbst so angeschlagen, aufs großzügigste, dass den Menschen ihr Leben gelingt. Ich stand auf und brachte einen Toast aus auf die wunderbare Heidi Paris. Totenhütte, Sonnenschutz. Dann wurden die großen öffentlichen Reden gehalten, die zu so einem Abend dazugehören, Max Hetzler redete wunderbar freundschaftlich und bewegend, Albert, indem er den neben ihm sitzenden Jeff Koons pries, als großherziger weiter Geist, unendlich erwachsen und heiter, als wäre der, der da redete, ein komplett anderer Mensch als der, der diese Bilder hier gemalt hatte, das fand ich das Allergrößte, diese Dissoziation, und dann ließ es sich der verrückte Benedikt Taschen wirklich, wie es so schön heißt, nicht nehmen, die Bewegtheit, die durch diese beiden Reden in die Gesellschaft gekommen war, in einer an Kippenbergers schlimmste Folterreden erinnernden Rede, die nicht enden und nicht enden wollte und komplett sinnlos war, auch eine offene Frechheit, allen hier Anwesenden gegenüber, in Grund und Boden zu reden, dort zu zertreten, darauf herumzutrampeln und sich dabei zu freuen, dass die Leute so blöd sind, sich eine solche Unverschämtheit bieten zu lassen, und genau darin aber zuletzt ja auch doch wieder die Bilder, die ja eine ähnliche Destruktivität und Aggressivität verbreiteten wie diese Rede, auf die perverse Art, wie es nur ein Taschen kann, zu feiern, Wahnsinn. Durch die Reden war Bewegung in die Gesellschaft gekommen, die Leute waren von ihren Tischen aufgestanden, herumgegangen, hatten kleine Stehgrüppchen gebildet und sich an andere Tische auf gerade freie Plätze hingesetzt, auch ich war während der Reden aufgestanden gewesen und hatte, es ist furchtbar, weil es immer eine solche Zumutung ist für alle, meiner Dokumentaristenpflicht gehorchend, die Szenerie aber doch wieder von möglichst vielen Ecken und Seiten und Sichten mit meiner kleinen Olympus mju II aufzunehmen versucht, ich arbeite da im Auftrag der Zukunft für die erwähnte Sache ZEITSTAUB, die den mir inhärenten Idealismus bekämpfende Materialgeschichte der Gegenwart, und wenn ich dabei, wie neulich vor der Paris Bar, einem Döpfner aus zwei Metern Distanz en face ins Gesicht blitzen kann, dann tue ich das gern und ohne Scham, Bild-Chef, bild dir ruhig mal deine Meinung, Leserreporter jagen auch dich, gern geschehen, keine Ursache, sich zu bedanken usw, und merke dabei, wie sehr ich mich nach einem solchen Akt offensiver Unfreundlichkeit daran freue, dass Springer eben ein Fürstentum unter vielen anderen ist, aber heute nicht mehr, wie ja wirklich noch in den frühen 60er Jahren in Berlin, eine monopolistisch aufgestellte Hetzmacht darstellt, die über die Gemüter, nicht das Denken, die viel undeutlicheren und kraftvolleren Menschenkräfte, über die Gefühle der Menschen ihre Gemeinheitsherrschaft ausgeübt hat, und die jetzt debattierten Fragen, wie asozial die programmatische Hetze gegen die Studenten von Springer damals betrieben wurde, kann mit einem einfachen Blick in die heutige Bild-Zeitung beantwortet werden, wo sich ja überhaupt nichts geändert hat seither, wo Propaganda für niedrige Gefühle gemacht wird, nicht in dem, was gesagt und nicht gesagt wird, sondern dazwischen, im Bild, in der Gesamtpräsentation, in der aufpeitschenden Zusammenstellung emotionaler Gegenkräfte usw, dem müsste Döpfner sich mal stellen, aber dazu hört man nie etwas von diesen Chefs, dabei ist das genau im Zentrum ihrer Kalküle, die Raffinierung und Sophistikation des Ordinären, und nur weil rein zeitbedingt die Sophistikationsschraube ein bisschen angezogen worden ist, sie hat sich auch ganz von selber angezogen, ist natürlich auch Bild den vom Kollektiv mitgegangenen Weg in die Ironie mitgegangen, das kleine Humorchen für den Deppen von nebenan, die großartig auch noch immer wieder explizit bejahte Affirmation von Tratsch und übler Nachrede als *Kunst*, ja, man müsste sich festhalten, weil es so irr ist, aber jeder hat sich inzwischen komplett daran gewöhnt, dass der Boulevarddreck, der den Proleten offen und direkt als *Lüge* angedreht wird, von den Boulevardchefs den Nichtproleten, den Intellektuellen, als *Kunst* verkauft wird, und genügend viele dieser Leute haben es einem Diekmann inzwischen so oft abgekauft, dass er selber es heute wirklich auch selber glaubt, dass er beim Machen seiner Boulevardzeitung Bild, wenn er da großartig und wie erwähnt an seinem lächerlichen Balken steht und Teutschland zu kommandieren glaubt, kommt ja alles im Internet, kann man sich alles angucken, wirklich die *Kunst* macht, für ganz Deutschland, wie es ja immer heißt, crazy. In einer anderen, totalitär gemachten, ddr-hafteren Welt von früher könnte ein Döpfner mich für den Stress, den ich ihm mache, einfach so, mit einer wegwerfenden Geste seines kleinen rechten Rechtsfingers, aus der Welt schnippen, nicht aber in der Welt, in der wir wirklich leben, wo Döpfner jetzt in dem Moment, nachdem ich das Foto gemacht hatte, zu den beiden vor ihm

Stehenden, zu Ulf Poschardt und Stuckrad-Barre, gesagt hatte, du hast es absolut geschafft, ihr *Vertrauen* zu erringen, und du, sich an Stuckrad wendend, hast es absolut geschafft, ihren *Respekt* zu erringen. Und an der Art, wie er das sagte, war sofort klar, warum so ein System Springer so perfekt funktioniert, weil auch sie, wie viele der geistig bestimmenden bundesrepublikanischen Fürstentümer, zugleich auch ein *Orden* sind nach innen, eine verschworene Gemeinschaft, ein ganz für sich geschlossener Raum, und wer würde als Mittelchef oder als sogenannter Starreporter vom Konzernchef, dem Herrn über wie viele Mitarbeiter, es nicht gerne gesagt kriegen, dass er das *Vertrauen*, dass er den *Respekt* der Überchefin, der vom Oberchef nach besten Sgarbi-Regeln rundum und seit vielen Jahren extrem erfolgreich eingewickelten Chefchefin Frau Dr. Friede »Kindermädchen« Springer, errungen habe, Döpfner hatte auf dem kürzesten Raum dieses Zweizeilers, so gut hatte ihm seine eigene Formulierung gefallen, er hielt sich ja selber immer noch für einen Feingeist auf Montage, einen Sprachsensiblisten von hohen Graden, zur rhetorischen Grundgeste der Wiederholung gegriffen, *du* hast es absolut geschafft zu erringen, und *du* hast es absolut geschafft zu erringen, nein, der Rohling muss erst erfunden werden, den gibt es nicht, der auf eine solche Schmeichelei des Chefchefs von solcher Suggestivität nicht weich werden würde, das nennt man Führung, das kann Döpfner also, das war zu vermuten gewesen, aber so direkt hatte ich das noch nie mitgekriegt und gehört, und so drehte ich mich dort vor der Parisbartüre auf der Stelle um, nahm mein Notizbuch heraus und notierte hinter die Zeitziffer 2219 sofort diesen eben von Döpfner in die Welt geblasenen, den Orden Springer für mich grell beleuchtenden Döpfnersatz. Döpfner ist ja so riesig, dass seine beiden vor ihm stehenden Offiziere auf einer *Stufe* vor ihm standen, wirklich wahr, Döpfner stand eine Stufe *tiefer* als Stuckrad-Barre und Ulf Poschardt und war immer noch *größer* als die beiden. Die Gerechtigkeitsforscher haben ermittelt, dass große Menschen große Rücksichtslosigkeit für normal empfinden, klar, sie müssen nicht fürchten, dass ein Übergangener an ihnen sich rächen könnte, da kommt der Kleine gar nicht hoch, in die Höhe des Hohen, aber an nicht wenigen Biographien kann man sehen, dass ihr eigener Größenwahn, gegen den sie scheinbar sich nicht wappnen oder vorsehen können, ihnen kurz hinter dem Zenit ihres Lebens, irgendwie von ganz unten her, durch irgendeine Kleinigkeit, ein Bein stellt und so alles zu Fall bringt, das ganze Leben zum Absturz bringt und ruiniert, siehe Wiedeking. Wiedeking, der Donnerriese Wendelin Wiedeking, ein Name wie erfunden für die große Saga, war in diesen Tagen nicht etwa nur zwei Meter zwei groß, wie in echt vielleicht, sondern etwa 4000 Kilometer groß, ein halber Schritt war es für diesen Riesen quer durch ganz Deutschland, ein Nichts von Stuttgart nach Wolfsburg, ein Lacher, wenn irgendein Zwerg ihm von tief unten her ein oben kaum noch hörbares »Vorsicht, Chef!« zurufen wollte, der Fall war so klar, die Übernahme des großen VW-Konzerns durch die ja nur in Wirklichkeit, nicht aber an Selbstbewusstsein kleinere Porsche-Gesellschaft war so derartig unabwendbar eingefädelt, so genial wie simpel vom Finanzchef Härter, ja, Saga geht weiter, später kommt noch Macht dazu, der von Wiedeking die Macht dann übernimmt, konzipiert nach dem Blödmannmotto »ich bin doch nicht blöd!«, was diese Hedgefondsleute machen, machen wir hier, so ein Härter zu seinem Wiedeking, zum Nutzen unserer Firma und unserer gewinnabhängigen Bonuszahlungen genauso, warum denn auch nicht, wer hat gesagt, dass ein Autobauer sein Geld nur mit dem Verkauf der von ihm gebauten Autos verdienen darf, niemand, Porsches Härter machte seine Milliarden mit ganz normalen, in diesen Nullerjahren immer normaler gewordenen Finanzspekulationen, und die neueste Mode, die unter den Finanzspinnern wie Härter, so auch bei Schaeffler, wie heißt der Typ dort gleich?, kursierte, war die der Übernahme eines nützlich riesigen Deppen, eines Realriesen, der zu wenig Hirn in den Führungsetagen hatte, um wendig und frech, wie diese kleinen Schnellstriesen eigenen Rechts, als wilder Pirat den Coup zu suchen und zu wagen, mit Hilfe einer sozusagen viralen Finanzstrategie den Wirt zu infizieren, zu besetzen, zu übernehmen und dann auszusaugen, sich nach dem Eindringen dort von dessen Kraft ein eigenes, vom Virus diktiertes, den ehemaligen Wirt jetzt beherrschendes Leben zu verschaffen, und die Schulden, die der übernehmende Virus zunächst aufgenommen hatte, hatte dann der unterworfene Wirt mit Hilfe des berühmten, vom Virus anvisierten Gewinnabführungs- und Beherrschungsvertrages aus der hier ja auch noch wirklich gut gefüllten Kasse des Wolfsburger VW-Konzerns selber zu bezahlen. Halleluja VW-Gesetz reloaded, halleluja Finanzkrise, die beide dieses Hybridschurkenstück, das von der beobachtenden Öffentlichkeit mit Begeisterung für die Frechheit und den Wagemut der kleinen, von Größenwahn befallenen Porsche-Firma begleitet worden war, in die Luft fliegen haben lassen, und die schönste Coda in der Sache war das Tagesthemen-Interview, das nach dem bis zur letztmöglichen Sekunde natürlich geleugneten Sturz von Wiedeking dessen Adlatus, der Gesamtgewerkschaftsführer von Porsche, der kahl geschorene Oberkrawallier Herr Hück der wunderbar ruhig fragenden Caren Miosga gegeben hatte, ein Gebell totalen Schwachsinns, eine Ausstellung der Niedrigkeit und Trottelhaftigkeit der Werktätigen, die sich solche Führer wählen, ein Lügengebrüll, ein Irrsinn, ein Abgrund an Tiefstdumpfismus dieser Männerwelt, dankeschön vielmals, Herr Hück, dankeschön, Herr Döpfner, Sie geben uns Einblick in die Gesellschaft, in der wir leben, davon umgeben und mitbestimmt, aber eben auch nicht total diktatorisch unterdrückt oder gesteuert davon, und die Anwesenheit der Vielzahl von Künstlern und wunderbar klugen Menschen hier auf dieser Oehlen-Eröffnung, die zwischen neuesten Gemälden, die eine Revolution darstellten, ein Abbild des Bestehenden und einen Schrei danach, dass es anders wäre, weil es so wie es ist, furchtbar ist, umhergingen und miteinander redeten, waren die Realinkarnation der real auch bestehenden Gegenwelt, und wie in früheren Jahren, als ich der größte Großfamilienfestfan unserer Kleinfamilie gewesen war, weil auf diesen Großfamilienfesten von so vielen verschiedenen Leuten so viele verschiedene und vorallem so interessante Gespräche geführt worden waren, denen man auch als Kind schon zuhören durfte, so fühlte ich mich auf diesen von mir nicht so wahnsinnig oft besuchten Eröffnungsgesellschaften wie auf dieser hier jetzt wirklich im Paradies der Redenden, war nach dem Fotographieren und Herumgehen zurückgegangen auf meinen alten Platz am großen runden Tisch, beim herrlichen Gemälde, es trug den Titel übrigens »b/w«, 270 auf 310, ein großes Bild, unmonumental dabei, aus zwei schwarzen, schräg zueinander gestellten Vierecken schleuderten sich paar schwarze Vorgänge ins weiße Nichts hinaus, und am Tisch wurde inzwischen über die Literatur der Zukunft gesprochen, weil Jörg-Uwe Albig, selber Schreiber von Romanen, auf das Stichwort Philip K. Dick und die Folgefrage: was?, interessierst du dich etwa nicht für die Zukunft!, mit Arturo Herrera und einigen Umsitzenden ein hochinteressantes Spezialistengespräch über die Plots und Weltansichten des Philipp K. Dick angefangen hatte, von der Seite meldete ein anderes Gespräch: wir hatten Vollstreckungsabwehrklage erhoben, unser Mandant kam aus Tel Aviv, Schneegestöber in Zürich, und dem Futuristenliteraturgespräch, dem ich mangels eigenen Wissens nicht richtig folgen konnte, konnte ich aber so viel entnehmen, dass ein Zugang zu Dick, der total interessant sein könnte, für mich eventuell über seine späten Interviews, die angeblich in einem angeblichen Phantasia-Verlag erschienen sein sollten, möglich sein könnte, ausgeschlossen war nichts. Ich dachte an Rebecca Casatis Kritik solcher Abendgesellschaften, die Anfang Oktober im sogenannten Frauenheft des SZ-Magazins unter dem traurig blödelnden Titel *Willst du mit mir gähn?* erschienen war, sie hatte einen Artikel aus INTELLIGENT LIFE, der im Sommerheft gestanden hatte, *Are Men Boring?*, auf ihre eigenen Erfahrungen und Gedanken anzuwenden und umzuschreiben versucht, natürlich ohne das Vorbild zu erwähnen, aber gerade bei englischen Sachen, die aus einer Jahrhunderte alten, der Enge abgetrotzten Sozialheiterkeit kommen, für die es in Deutsch keine Entsprechung gibt, nicht nur in der Sprache, vor allem im Denken, in der Sozialwahrnehmung nicht, funktioniert das nicht richtig, und so war die Pointe von Rebecca Casatis Artikel die wahnsinnig langweilige Beschwerde, dass Männer eines bestimmten Alters, zwischen 40 und 50 besonders, und einer bestimmten Grundblödheit, mittlere Erfolgstypen mit großem Angeberbedarf, sehr langweilige Gesprächsparter abgeben würden bei solchen Gesellschaften als sogenannte Tischherren. Allein dieses Wort *Tischherr* war ja so unendlich traurig und 50er-jahrehaft verblödet, dazu hatte sich eine Rebecca Casati also, hey hey hey, hochgeschrieben, im totalsten Spießermilieu als *Tischdame*, ebenfalls ihr Wort, geendet zu sein, wo die neuesten und kleinsten Kleinstbürger schön Essen spielen, um sich dabei von lauter verblödeten langweiligen Tischherren mit dem langweiligsten Blödsinn antexten und langweilen lassen zu müssen, und das auch noch so oft, dass sie schon eine kleine Spatzenhirnsoziologie daraus machen zu müssen glaubte, crazy. Aber jeder kriegt genau den Text gesagt, den er verdient, das ist das Tolle, für diesen Selbstbezug aber reichte es bei der sogenannten Frau Casati natürlich nicht aus, nein, dass sie selber genau das Pendant zu den von ihr beschriebenen Langweilermännern ist, weiß sie nicht, sie hält sich für ein Unikat, auch das ein Zeichen von erstaunlicher Beschränktheit, von Frauen Ende dreißig, die sich immer noch wie ein ganz verrückter frecher Frechdachs von 24 Jahren fühlen, der doch eben erst im wirklich besten Alter, 14 nämlich, gewesen ist, mit irgendeinem demonstrativ um Lockerheit bemühten Sparwitz über die Konventionalität der gesellschaftlichen Konventionen angewitzelt zu werden, ist eine solche Gähn-Realität und -Banalität, weil es von diesen armseligen Kreaturen irrsinnig viele und irrsinnig viele ganz besonders dumme gibt, weil sie in den gloriosen 90er Jahren in einer solchen Masse gezüchtet worden sind und genauso massenhaft genau dort, in ihrer ewigen 24-jährigkeit, stehen geblieben sind, früher hat man zu solchen Leuten Hascherl gesagt, heute sagt man Journalistin, und Berlin, das ist das Schöne, ist auch von diesen übervoll, ohne dass sie aber hier, das ist wie mit Springer, Döpfner, Wiedeking, mit am Tisch sitzen würden, die Gähnfrau sitzt beim Tischherrenessen im Neobürgerlichkeitsknast, langweilt sich zu Tode, denkt sich dummes Zeug zusammen, und wir hier sitzen davon ungestört beim Oehleneröffnungsessen am schönsten Tisch des Abends und werden von radikaler Kunst und voneinander mit fremdem interessanten Zeug befunkt, so wie ich hier mit Mr. Dick. Wissen macht Freude, Nichtwissen aber auch, die Wissenden reden, und als Nichtwissender hört man zu, es gibt ja kein uninteressantes Weltdetail, und man kann mit viel Wissen und mit wenig Wissen, das ist wie mit anderen Sachen auch, der Art der familiären Herkunft etwa, das Leben an die Wand fahren oder zur schönsten einem möglichen Entfaltung führen, dachte ich, ich denke schon wie Hesse, das liegt vielleicht am Bier, und stand also auf, ging an die seitlich hingebaute Bar, um mir zur Abkühlung noch einmal eines dieser köstlichen hier ausgeschenkten Duckstein Biere zu holen. Dietmar Dath hatte ja das Gegenteil behauptet, in seiner Faz-Kritik von Christian Krachts Sonnenschein hatte er sich darüber beschwert, dass die Deutschlehrer, die schlecht über phantastische Literatur schreiben würden, von phantastischer Literatur gar keine Ahnung hätten, aber zur Bewertung von Literatur muss man keine Ahnung haben von gar nichts, es braucht nichts, nur Sprachgefühl und Menschenkenntnis, daraus wird Literaturkritik genauso wie Literatur gemacht, alles andere ist sekundär, und Tonnen von Spezialwissen können herrlich sein und Ödnis pur, es gibt keine mechanistische Rettung aus der nie vorher klärbaren Frage des Gelingens oder Misslingens, das muss man eben ausprobieren, und sowenig man sich selber sicher sein kann, dass einem ein Gelingen gelingt oder gelungen ist, sowenig man es sich von Freunden und Bekannten, die man ängstlich befragt, bestätigen lassen kann, dass etwas gelungen ist, so wenig kann man irgendjemand anderem, der ein Misslingen konstatiert, die Kritikberechtigung unter Hinweis auf fehlendes Fachwissen absprechen. Und warum auch?,

Verrisse sind gut, sie befördern die Wahrheit, Stress sind sie nur für eine Person und ihr Umfeld, den Autor, alle anderen profitieren davon, und je inadäquater der Verriss sich seinem Gegenstand genähert hat, umso besser für alle, umso interessanter, umso weiterführender für jeden Interessierten. Am Ende entscheidet über alles doch der Charakter, der im Zusammenspiel aus Vorgaben und Aktuellbearbeitung immer neu sich formiert, auch er dem Irrtumsrisiko auf immer neue, immer andere Art ausgesetzt, auch das kann man an vielen Biographien talentierter Menschen sehen, und es entscheidet, damit verbunden, die zusätzliche Frage, ob ein Bild, ein Buch, ein Werk, aber natürlich auch eine Handlung das dem Spezifikum dieses Charakters, von ihm vorgegeben, Entsprechende ist, ihn also erreicht und erfüllt hat und auch darin, in dieser Entsprechung noch, gelungen ist, über die Qualität des Ganzen. Dieser Charaktercharakter der Kunst macht die Wette der Kunst, ihr Spiel und ihre Suche, in so fundamentaler, ja, beängstigender Weise zum Existenzexperiment. Deshalb muss es der Traum der Kunst sein, und auch das hatte Albert Oehlen früher immer schon vertreten, als Macher ein richtiges Leben zu leben, hineinverstrickt in möglichst viele Kompliziertheiten auch des Sozialen, Freundschaft, Familie, Hochschule, Besitz und andere Folgen der Nichtarmut, vom FRÖHLICHEN BERSERKER hatte er einmal gesprochen, und je länger es geht, und je mehr man weiß, und je mehr man sich wirklich in dieses Soziale hineingelebt und dabei auch selbst gefesselt hat, je mehr man versteht und kann, umso schwieriger wird es, die immer anders zueinander stehenden Elemente, Energien, Absichten und Erkenntnisse in den richtigen Bezug zueinander zu setzen, wo sie Feuer fangen aneinander, zünden und explodieren wie die Bilder hier. Eine nichtgegenständliche Schriftstellerei, die diesen Gemälden entsprechen könnte, dachte ich, müsste sich mir auftun, das wäre es doch, plötzlich, Autonomie und Gegenwartsgegebenheit in ähnlicher Totalität, Radikalität und doch auch gesellschaftlicher Verantwortlichkeit, der die Bilder, indem sie Anlass der hier versammelten Gesellschaft waren, sich ja auch noch stellten, und so hatte ich aus diesen aufgeregten Animiertheiten und Gedanken heraus jetzt noch einmal auf diese Gemälde hier trinken wollen und ein besonders großes PROST auf den Albert in die Runde gerufen, und alle am Tisch hatten auf all das, halleluja, hoch die Tassen, noch einmal angestoßen und einen getrunken, Prost.

Später dann, im Gehen: Gehen ist ein metaphysischer Akt, loslabern ein ethischer.

3. Meine Gedanken

»gehet hin und schreibet«

MONTESQUIEU

Es handelt sich hier um Einfälle, die ich nicht weiter vertieft habe und die ich aufbewahre, um bei Gelegenheit über sie nachzudenken.

Gerhard Richter, Wald
Georg Kofler, die Liebe zum Geschäft
Christiane zu Salm, die Frau an seiner Seite

das war einmal
das kommt nie wieder

Finanzmikrobe Stefan Ortseifen
sehr guter Start
neues Geschäftsjahr
positiver Tenor

es ist sehr viel leichter
jemanden rauszuwerfen
als intern die Alternativen auszuloten

#

polieren am Image
einfaches Prinzip
leichte Erholung spürbar

nach der Lehman-Pleite
DERIVATE & ZERTIFIKATE

Wolfgang Engler, Lüge als Prinzip
Nassim Taleb, Der Schwarze Schwan
Andy Coulson, News of the World

Der neue Spiegel: Rebellion gegen die Radikalen
Der neue Spiegel: Die nächste Revolution
Der Spiegel: Hitlers neuester Vollstrecker, täglich neu

ich halte jedoch nichts davon
in einem nervösen Marktumfeld
übertriebene Krisenszenarien zu zeichnen

Merkel ohne Chance?
Steinmeier eröffnet PENIS-WAHLKAMPF

#

KONFERENZ FÜR MODERNES REGIEREN
dankeschön Deutschland
Kanzleramt: Willy-Brandt-Straße 1

RÜCKBLICK
Die Woche vom 15. bis 19. September 2008

Montag
»Schwarzer Montag«: Nach dem
Scheitern des Lehman-Verkaufs
brechen die Kurse ein.

Dienstag
Die Fed hält trotz der Krise

den Leitzins stabil.

Mittwoch
Die Fed rettet den Versicherer
AIG mit einem 85-Milliarden-
Dollar-Kredit.

Donnerstag
Die britische Bank HBOS wird
von Lloyds TSB übernommen.

Freitag
Die amerikanische Regierung will
den Banken die Schulden abnehmen.

#

coming up
FUCKING HELL TOUR 2009
Berlin Wasted Youth

confirmed	*unconfirmed*
Berghain	Ritter Butzke – closed
Weekend	Bar 25 – maybe later
Eberswalder Kiosk	Watergate – not sure yet
Picknick	Scala – closed
Arena	Tape – cancelled
Cookies	Dice – pending
Bar Tausend	WMF – kind of confirmed
Maria	Wilde Renate – working on it
Kulturbrauerei	German Fetish Ball – no offers yet
Tresor	White Trash – not a techno club
Friedrichstadtpalast	
Froschhammer Gallery	

Daniel Pflumm Gallery

WISING UP: the age of
mass intelligence

#

Unkeuscher Schnittlauch
Schluss folgt

Rückblick in die Gesellschaft: Das war 2008
Die Mitglieder, von rechts

Giovanni di Lorenzo, Die Zeit
Thomas Hoepker, Fotograph
Gabriele Fischer, Brand Eins
Peter Sandmeyer, Stern
Helmut Markwort, Focus

Gerhard Steidl, Steidl Verlag
Elke Heidenreich, Spinat
Andreas Petzold, Stern
Hans Werner Kilz, Süddeutsche Zeitung
Frank Schirrmacher, Faz

#

Sie kennen doch den Masterplan der anderen Seite
jetzt wird die nächste Raketenstufe gezündet

deine Kinder fallen im Irak
meine Aktien etwa nicht

und dann den sanften Tod

durch Erwachen sterben

#

Barock und Aufklärung
Flucht aus dem Kreuzfeuer

Atlantis is calling S.O.S. for love

alles wurde verhandelt
und nichts geschah

#

Maßnahmen der Bundesregierung zur
Stabilisierung der Finanzmärkte

I. Hintergrund
II. Überblick
III. Einzelfragen
IV. Ausblick

symmetrische Akkorde
Emanzipation der Dissonanz

#

wortgesteuert weltwärts

Stuhl »Oscar«, 1956
Sessel »Mole«, 1957
Hocker »Sonia«, 1997
Sessel »Diz«, 2001

werkwärts gehe

#

KRATKI IZLET
Zlin
Klütz
ISKRA

ich werde etwas unternehmen

kurzer Ausflug
Funke
Sternenhagel
stiebte

#

das Beste aus 2008

Bernhard, Kalkwerk
Bernhard, Holzfällen
Bernhard, Alte Meister
Bernhard, Erzählungen 1
Bernhard, Erzählungen 2
Bernhard, In der Höhe
Bernhard, In hora mortis

halleluja Suhrkamp

#

lebendig

los adonornos
les vielleichtors
albert, diedrich, krisor

neu: 2009

#

und die Sekunden
gerecht zu verteilen

#

Provisorium der Scherze: nüscht
Latzhose, Lesereise, Herbststürme, Möbel
gut: was haben Sie sonst?

#

obamarama

Teller weiß mehr
krummes Licht
krankes Hemd
Strick: so nicht

Spelunke und Gelände
alle Fakten auf den Tisch
trauriger Deckel
Turnschuh, Milchtopf, Gladiole

to chant and enchant